# 醉美诗书

## 美得令人心醉的魏晋诗文

黄晓林◎著

石油工业出版社

图书在版编目（CIP）数据

醉美诗书．美得令人心醉的魏晋诗文 / 黄晓林著．—北京：石油工业出版社，2023.6
ISBN 978-7-5183-5896-0

Ⅰ．①醉… Ⅱ．①黄… Ⅲ．①中国文学—古典文学研究—魏晋南北朝时代 Ⅳ．① I207.2

中国国家版本馆 CIP 数据核字（2023）第 030292 号

醉美诗书：美得令人心醉的魏晋诗文
黄晓林　著

出版发行：石油工业出版社
　　　　　（北京市朝阳区安华里二区 1 号楼　100011）
网　　址：www.petropub.com
编 辑 部：（010）64523689
图书营销中心：（010）64523633
经　　销：全国新华书店
印　　刷：三河市祥达印刷包装有限公司

2023 年 6 月第 1 版　2023 年 6 月第 1 次印刷
710 毫米 ×1000 毫米　开本：1/16　印张：12
字数：130 千字

定价：39.80 元
（如发现印装质量问题，我社图书营销中心负责调换）
版权所有，侵权必究

# 序

## "广陵散"绝,风流犹在

钟磬音起,一曲《广陵散》穿越亘古的岁月,从遥远的竹林悠悠飘来。

时光溯回到一千七百年前。

那是个荒诞而黑暗的年代,铁马铮铮,战乱不断,你方唱罢我登场,城头不断变换大王旗。

这时,出现了一群人,有文臣武将,有政客,有名士,有隐士,有富豪,有孝子,有酒神等。他们聚集在一起,肆无忌惮地赋诗、饮酒、放歌、长啸。他们处境险恶却不改潇洒倜傥,他们特立独行却颇喜雅集,他们崇尚无为却思想灵动,率性而为,遗世独立。

雅量,放达,通透,清简,诗骨自然天成,个性张扬,清流惠风,邈若山河。他们的另类让人侧目,他们的不羁让人敬佩,他们的际遇让人扼腕。他们是魏晋闪耀的群星,照亮了黑暗的天空。

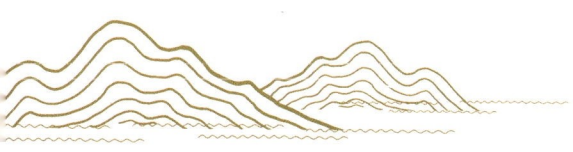

青衫磊落，畅叙离阔，琴啸相谐，傲睨世俗，风骨焕然，超群脱俗。他们引领着一个时代的风尚，却承受着整个时代的悲哀；他们一副意气风发的模样，内心深处却写满了沧桑。

　　风流的表象下，是深深的绝望和悲凉。

　　对社会，对生活，对人生都已绝望，所以反而完全不在乎功名利禄，只求尽情做真实的自己。

　　所以，他们忽然放纵起来，崇尚自然任诞，只为内心而活，投入生命，不问结果。那些激越也好，恬淡也罢，但求片刻欢娱，一时兴致。他们可以听人诵诗唱歌听到入迷，进入恍若"一坐无人"的境界；心灵长了翅膀，可以飞升出离可恶的皮囊，可以超越一切世俗樊篱；"桓伊吹笛""雪夜访戴"，也在一份之于自我的率性。

　　可贵的是，那个年代，这份率性是受人尊敬的。不按常理出

牌的背后，就是眼中根本没有世俗那套规范等级，单凭这点，就有"神仙中人"的气质。是以，魏晋人多有"仙风道骨"。

一段空前绝后的历史，一个英雄的时代，一群平凡而又高贵的人，一篇篇震撼心灵的诗文，都那么真实。

一曲《广陵散》从刑场响起，竹林之中的高谈阔论、歌、酒、啸、奏，一切的一切，都降下了沉重的铁幕。

屠刀，在颈上凌空劈下，那牵动着千秋万代人的心，令人心驰神往的音调戛然而止。

遥远的绝响，千古绵延，斜阳凝血。

乌衣巷，朱雀桥，堂前燕，夕阳斜。

当一段历史化为平仄相谐的诗篇，香醇入口的烈酒，惊鸿起舞的霓裳，留给后人的是长卷瑰宝，荡气回肠。

多少风流千古中，一曲琴瑟难鸣尽。

目 录

## 卷一　竹林名士自风流

狂狷秀慧，忧思独伤…………… 002

醉世独醒，广陵绝响…………… 008

酒徒狂士，放情肆志…………… 014

乱世知音，相惜相契…………… 018

## 卷二　文豪武将历沉浮

书生将军，韬光守弱…………… 024

功名难成，才高招祸…………… 030

豪侈暴戾，自是情痴…………… 036

高山景行，不同流俗…………… 041

## 卷三　竟陵文士深宫情

才子帝王，舍道入佛…………… 048

一代文才，误入官场…………… 056

清逸流丽，浑然天成…………… 060

醉不成欢，离愁难尽…………… 065

后宫佳丽，思君何极…………… 071

## 卷四　出尘入世任逍遥

身似出尘，心仍恋世…………… 078

闲适悠然，悲喜皆忘…………… 084

俯仰一世，游目骋怀…………… 090

采菊东篱，高情千载…………… 095

凡心洗尽，拈花微笑…………… 100

## 卷五　情由景生黯销魂

写山画水，以景忘忧 …………………… 106
见雪惟雪，即物即真 …………………… 110
绮丽多情，别有深意 …………………… 114
废池乔木，感时伤怀 …………………… 119
望峰息心，窥谷忘反 …………………… 124

## 卷六　痛饮狂歌空悲凉

念吾一身，飘然旷野 …………………… 132
烽烟万丈，义胆忠魂 …………………… 137
叹恨羁旅，魂牵故国 …………………… 142
叶落无根，愁思茫茫 …………………… 147
血染大漠，空写丹青 …………………… 151

## 卷七　此生唯愿与君同

物是人非，至亲至疏 …………………… 158
归期无期，思念不绝 …………………… 162
半神秀异，天妒英才 …………………… 166
可叹停机，堪怜咏絮 …………………… 171
且悲且叹，女人心事 …………………… 176

卷一　竹林名士自风流

嵇康、阮籍、山涛、向秀、刘伶、王戎、阮咸……他们在田园竹林间恣意酣畅，笑傲古今。

## 狂狷秀慧，忧思独伤

英年早逝的唐代诗人王勃，天性狂傲不羁，正值少年意气风发之际，临江写下千古名作《滕王阁序》，自此史册留下了他的名字，也记下了他的痴狂。就连放荡不羁的孟尝、阮籍与之相比，恐怕都有所不及。

"狂"大概是文人墨客之中大才者最渴望达到的一种状态，他们的狂放并非自满自傲，而是一种痴念，觉得世间再无人胜过自己。然而，或许旁人对王勃的大言不惭略感不满，但如若换

作阮籍，听到少年这般狂言，怕是也不会在意。毕竟他的心胸比常人更开阔，他所为之心如刀绞的事情，比我们能想象到的更深刻。

"竹林七贤"本就都是狂放之人，阮籍则是"狂人"中的代表。他喜好驾车四处游玩，天生嗜酒如命。饮酒即醉，醉后便驱车游荡，行至半路，时常伏地恸哭，倒不是因生平曲折的经历，只是因前路难行。王勃为此嘲笑他："阮籍猖狂，岂效穷途之哭？"如自己般青春年少，即便穷途末路也不必如此伤心，然而他又怎能体会阮籍的痛心呢？

穷途之哭，是一个时代灵魂的哀号。阮籍的悲伤与无望，也许是当时时代的缩影。士大夫阶层往往是朝代更迭之中的牺牲品，他们无法遵从内心的指引，做出自由的抉择，唯有随着时代的洪流逐波而去，或是沉溺水中。魏晋交替之际，魏王曹芳被司马氏控制，作为士大夫阶层的名士，要么跟着曹氏一同灭亡，要么跟司马氏合作。面对这两种选择，一些人采取了消极抵抗的方式。

阮籍作为名传天下的才士，恰恰是这群无法自我抉择之人中的一员。他少时胸怀大志，热血沸腾，欲凭一己之力，扭转乾坤，奈何这个混沌的世界，从不给他任何机会。尽管此时晋帝司马昭对他十分赏识，但文人的傲骨岂容他低头，故而，他几次醉酒躲过司马昭的招揽。于他而言，如此既能保住自己的气节，又能避免一死。然而同为名士，又是阮籍好友的嵇康并不深谙此理，誓与司马氏相抗衡，最终死于非命。

在权势的倾轧下，阮籍的内心远不像他的外表看起来那样镇静自若。他母亲去世时，他本应忌酒忌荤，却去赴司马昭的宴

席，与群臣下棋吃饭，喝得酩酊大醉。其实他并不是不痛苦，而是痛苦到一定程度心已僵硬麻木。很多人认为，阮籍以老庄为师，效仿其对生死泰然的态度。庄子在妻子死后，非但不悲伤，反而为他妻子脱离人世疾苦而感到高兴。然而庄子是真洒脱，阮籍不过是不得已之时的不得已之举。下棋时迟疑的手，宴席中酩酊大醉却依旧清醒的心，都泄露了他的悲伤。

曹操说，"何以解忧，唯有杜康"，仿佛酒可解尽世间忧愁，李白却说，"抽刀断水水更流，举杯销愁愁更愁"，言下之意，愁似乎无法可解。因为愁得太重，伤得太深，阮籍几乎是在乱世当中，在醉酒之后写下咏怀诗最多的人。他一生作诗百余首，流传不过九十余首，《咏怀诗》就有八十二首，后人一直把这些诗作为考证阮籍一生经历的依据。的确如此，阮籍思卿、思家、思社稷的想法皆糅入这些诗中，压抑在心中的痛于诗中明显可见。

夜中不能寐，起坐弹鸣琴。
薄帷鉴明月，清风吹我襟。

孤鸿号外野,翔鸟鸣北林。
徘徊将何见,忧思独伤心。

　　　　　阮籍《咏怀诗》八十二首(其一)

　　千年来,心思颇重的人向来好咏怀,无论借物借景,只要内心有悲苦,随手拈起一片叶子,看着它有半点枯黄也会伤感,赋诗一首。阮籍的诗没有过分雕琢的痕迹,毫无匠气。呼之欲出的伤痛,浓稠的愁苦,融化在墨中,随着如椽大笔的挥洒,点点滴滴化作了内敛的悲伤。不追求华丽,狂而不放,却如金石,坚固不可摧毁。每一字每一句,看似波澜不起,却不比多愁善感的人少一分细腻,故而见到午夜苍凉,如何能不将内心的无限悲伤写进诗歌呢?

　　诗首即言那时正是午夜,他辗转反侧,难以入眠,便索性起身来到窗边对月抚琴。看着月光洒在床帷之上,影影绰绰,清风徐来,掀起了他的衣襟。在这般清寂的夜晚,野外偶尔传来孤鸿鸣叫、倦鸟啼吟的声音,阮籍突然为它们的凄鸣感到痛心。自己孤身徘徊也就罢了,鸟儿们也同样于空中徘徊,找不到自己的那

片林子，原来，大家都是这样形只影单，都迷失了归途。大概他就是那只荆棘鸟，要么飞翔，要么坠落。

南朝宋的诗人颜延之生平喜欢考证，他曾说"阮籍在晋文代，常虑祸患，故发此咏耳"。这个生平经历与阮籍相近的文人，认为阮籍总是写悲情诗，原因在于晋文帝在位时世人多虑祸患。"晋文代"指的正是司马昭当政时期，因此他去世后被追封为"文帝"。晋君向来多猜忌，是以当时的名士即便有报国之心，却仍惧怕入朝为官。阮籍忧谗惧祸，才躲进竹林深处，独自伤心苦闷。

颜延之对阮籍的这番推测不无道理。多半后人皆认为阮籍的咏怀诗太过隐晦，好似迷宫一般，不知究竟想要表达何意，可身处于令人惧怕和幻灭的时代，有多少人敢于直言自己的痛楚与不满呢？

阮籍并非没有想过完全放下，彻底远离尘嚣，求仙问道。他喜采药炼丹，希望借由仙丹来飞升，却知希望极其渺茫。"采药无旋反，神仙志不符。逼此良可惑，令我久踟蹰。"（《咏怀诗》）诗中已经表明，他曾奢望去做个逍遥神仙，可是天人之路又虚不可及。于是，他只得放弃服用仙药，改以饮酒和遁入山林来逃避现实。

嘉树下成蹊，东园桃与李。秋风吹飞藿，零落从此始。
繁华有憔悴，堂上生荆杞。驱马舍之去，去上西山趾。
一身不自保，何况恋妻子？凝霜被野草，岁暮亦云已。

　　　　　　　　　　阮籍《咏怀诗》八十二首（其三）

这首诗的前两句即引出了古代的一个典故："桃李不言，下自成蹊。"此话言下之意便是桃李虽缄默无语，却默默把春色播进土壤，其开花嫣然妩媚，结果香甜美味，因此也受人喜爱。去欣赏和采摘它们的人自然会在树下走出一条蹊径。阮籍的庭院里便种了许多桃李树木，每天看其花开花落，结出美好的果实。当秋风吹过，枝叶便凋零了，往日再美丽的树木一旦脱下华丽的衣裳，就变成了枯木，顿生残叶。

　　花开花落本是万物生长的规则，年复一年，岁岁枯荣即是如此，可是在阮籍看来，这却充满了惶惑与清冷。想当年，他对功名的奢望如今已化作虚无，他之所以痛苦不已，并不是得不到显赫的地位，而是变得没落。没有繁华就没有衰亡，就像花开得茂盛、果结得琳琅，可秋风扫过仍不免要褪去衣装，变得沉寂。

　　人生无常，胜败有时，朝不保夕的日子实在让人寝食难安。阮籍觉得唯有驱车逃至山野，才能获得解脱，为此甚至不惜与亲人离散。可是，远离了桃李繁茂的庄园，就不会看到田野间的荣枯景象吗？天地有时，四时无感，野草毫不犹豫地随着寒冬的到来沉睡于泥土之中。在这首《咏怀诗》的末尾，阮籍显得更加无奈了。

　　阮籍之诗与其人一样，充满了幻灭感。他不是完全抨击时政，为怀才不遇而不满，也不是完全脱离形体，求得飞升。他既不愿与世事同流合污，又不能真正地与现实划清界限寻觅归趣，故而在左右皆尴尬的局面下，变得绝望甚至痴狂，从痴狂再到无望的幻灭。也许正是这样的挣扎，令他变得更加迷离难懂，使后人不断地对他的心思进行揣摩。

## 醉世独醒，广陵绝响

"一个真正的乱世。"这是余秋雨对魏晋的评论。

中国的朝代更迭，大概自秦始皇统一六国以后，再没有如魏晋一般的乱世。那时曾出现过一批名副其实的铁血英雄，遵循着"成者为王，败者为寇"的政治逻辑，在血雨腥风中开拓生存之路。等到英雄迟暮之后，斗争的激情与后力仍在，被英雄们的伟绩所掩盖和折服的各种社会力量也在不断涌起。这便是曹魏与司马氏间斗争的最佳写照，政坛只剩下明争暗斗、投机取巧，充满了权术、策反和谋害。

专制统治下，社会表面有序实则混乱，许多文人不幸掉入政

治深渊，摔得粉身碎骨。文人对朝廷的贡献无非是治国理念。历史上大多数治国理念出于文官，武官则负责守护江山。不过，文人集团的出现经常把政治斗争复杂化，最后酿成极大的恶果，连累很多名士死于政治屠刀下。前朝的晁错，后世的王融，都是最有力的佐证。彷徨的文人，看着屠刀下不曾凝固的血迹，更加慌乱。明智的文人，要么"识理体而合经义"，仕新朝，换身份；要么遁入山林，一壶酒一株柳，再不问世事。

并非所有人都有这份心力，懂得如何制衡。身处乱世的阮籍，是名士当中把变节和远遁处理得比较均衡的人，他能对人生进行幻灭式的哲学思考，超然于世人之上。然而，他的好友嵇康并没有那么"明智"和"幸运"。

阮籍与嵇康最初并不相识，经过"七贤"中最为年长的山涛介绍，两人一见如故，颇有英雄相惜之感，于是成了竹林中形影不离的琴乐酒友。他们经常袒胸露背地在山亭里喝酒、弹奏、唱歌，中国古代音乐史上有"嵇琴阮啸"的传说。据闻阮籍善于长啸，醉酒后于山野间呼啸和吟唱，声音响亮，加之嵇康绝妙的琴艺，二人一弹一唱，远近林鸟纷纷聚首而来，聆听妙音。

乐哉苑中游，周览无穷已。百卉吐芳华，崇台邀高跱。
林木纷交错，玄池戏鲂鲤。轻丸毙翔禽，纤纶出鳣鲔。
坐中发美赞，异气同音轨。临川献清酤，微歌发皓齿。
素琴挥雅操，清声随风起。斯会岂不乐，恨无东野子。
酒中念幽人，守故弥终始。但当体七弦，寄心在知己。

嵇康《酒会诗》

嵇康写此诗时，或许正在与阮籍等好友游山玩水，情绪想必既欣然又怅然。他身处百花林木交错的风景优美之地，上有山峦浩渺，下有游鱼临渊，举头观望鸟翔，俯身可钓鲤鲫。置身于自然之中的嵇康，一边饮酒，一边操琴而歌，生活的惬意不是三言两语能概括的。

　　然而在这欢愉至极的情境中，他的心情陡然失落，忽而乐忽而悲。"斯会岂不乐。恨无东野子。"原来他在高兴之时猛然想起昔日好友，感叹朋友"东野子"无缘再参加自己的音乐酒会。

　　"东野子"是嵇康深深思念的人，他本名为阮侃，官居河内太守，与嵇康的交情很深，后来阮侃迁居东野。由于二人多年不见，所以嵇康才借"东野子"来指代他，以表自己的念旧之情。然而，思故人不过是嵇康突然惆怅的一小部分原因罢了，他真正的悲伤来自魏末朝政混乱。

对魏晋两股势力的角力，嵇康深恶痛绝，他自视清高，自然要如屈原一般，他人皆酩酊大醉，唯他遗世清醒。故而，他的言志诗大多都自表清白。可是污浊不堪的俗世岂容许他保持这样的洁净。莲花出淤泥而不染，超凡脱俗，中通外直，不蔓不枝。

帝王之心向来难以猜测，晋文帝司马昭当政之时，为招揽嵇康费尽心力，而嵇康却始终无动于衷。这自然令九五之尊的天子丧尽颜面。高高在上的帝王，对于他的子民有着天生的控制欲，一旦脱离他的掌控，就绝对不能再让其存在下去。

在与帝王周旋时，嵇康也没有任何优势，他没有阮籍聪明，终为守节而绝命。也正因如此，诸多人都以此来衡量阮、嵇二人的人格，认为阮籍在气节上略逊一筹。残缺正是一种完美，遗憾恰能造就独特，痛楚恰能成就刻骨铭心，艺术与人皆是如此。嵇康的缺点是倔强，这也是他的独特之处。其实他并非一个没有任何政治抱负的人，只不过不屑与司马氏为伍。为了躲避司马昭的纠缠，他甚至曾到洛阳郊外当过打铁匠，偶尔投身自己的爱好中，研究一下玄学。

嵇康对玄学的崇敬已经到了"中毒"的地步，且嗜好炼丹吃药，希望荣登仙籍，是以对儒家学派颇为不屑，这也是他远离仕途之由。然而，当朋友吕安有难、被官府扣押时，他又去做了"状师"，他据理力争，甚至大骂统治阶级遵儒的迂腐，公开高唱老庄调，以"越名教而任自然"来反对儒家思想对天下百姓的人格统治。

嵇康向往自由，他不甘心成为统治者的利刃，砍掉百姓心中的清明和灵性。朋友身陷囹圄，放荡不羁的他无法坐视不理，

所以已经远离仕途的他，断然走出山林，走进统治者的视野里。黑暗的政治，虚伪的礼教，让他不屑。他离经叛道、菲薄圣人言行的举止无疑是在抚触司马氏的逆鳞。那个曾经立誓笑傲山林，远离是非的嵇康，就这样不得已投身官场的染缸中，做了困兽。直到后来他的勇气、决绝，以及对统治者的拒绝都成了他的催命符。

有了藐视圣人经典、危害江山社稷的罪名，加上奸佞之臣的谗言围攻，司马昭最终下令将他处死。临刑之前，三千太学生为他请愿，"海内之士，莫不痛之"。这或许也是嵇康身亡的一个诱因，司马昭本就有不臣之心，他更懂得人心所向的利害。太学学子、未来的士大夫之徒如此逼迫之举，只会让他恼羞成怒。嵇康作为有如此号召力的人，司马昭如何能不嫉恨，誓言非要嵇大才子之命不可。

狂放旷达的嵇康，不齿为官，不畏权势，宁可归隐山林，以打铁为生。纵然这狂妄为他招来了杀身罪名，面对死亡，嵇康非但不惧，甚至在刑场上从容潇洒地笑了，向人要过一张琴，面对万千的送行者，起手抬袖按下琴弦，奏出一曲《广陵散》。

嵇康选择在赴死前弹奏，也许是看中了《广陵散》前调幽咽、黯然销魂，后调空明有力、海阔天空。该曲的前后转折如同灵魂的阴阳两面，迥异非常，彼此相生相克，亦如嵇康的诗和他的人一样，一生曲折，有悲也有喜，有对世事的不能谅解，也有对人生的参透和淡然。

从容就死，嵇康仍不假他人之手，选择自我结束。他推开琴台，用刽子手手中的刀引首刎颈。至此，被他倾尽生命之力完美演绎的《广陵散》成了绝韵，正如余秋雨所说，如同"遥远的绝响"，永世不能再闻。曲终人散，污浊的淤泥之中，纷乱的洪流之内，嵇康再不用担忧那身清白被黑暗沾染。曲如人一般，从容而来，从容而去，宁做绝世奇人，不屈就俗世鬼。大多时候，怜惜嵇康的人宁愿他选择追求玄道，去炼药求仙，也不想看到他绝命刑场。可偏偏绝命的一刻，成就了他的永恒。

佳人遗世才独立，恐怕就是这样。

## 酒徒狂士，放情肆志

所谓没有规矩不成方圆，即便是饮酒，亦需有所约束，那便是"酒德"。

酒德素来是中华酒文化的优良传统。商纣王荒淫腐化、极端奢侈，以酒为池，悬肉为林，最终落得国破家亡的下场。儒家的酒德提倡节饮，认为小饮有益无害。如若饮酒这般雅事被禁止，反而是对酒文化的伤害。平日闲暇时，或是约上三五知心好友，或是独自举杯邀月，皆算得人生幸事一桩。

自古以来，史上便不乏嗜酒如命之人。先秦宫廷王室常借酒闹事，魏晋有一大批文人名士以酒麻痹人生，唐代有李白这个酒中诗仙。好酒之人真如海上浪花，此波未平，另一波又起。然而，

真正对"酒德"的形成有贡献的贪杯者,大概唯有刘伶一人了。

刘伶是"竹林七贤"之一,《晋书》说其"身长六尺,容貌甚陋",许是因形体外貌上略有自惭,故而平时沉默寡言,唯见酒才放情肆志。其实所谓"竹林七贤",是东晋之时人们强加的名号,喜好山野生活的人自不在少数,不过这七人时常聚集于竹林之中,饮酒纵歌,肆意酣畅罢了。

纵然七人皆有饮趣,但是真正在喝酒方面"有心得"的还要数刘伶,其他人借酒消愁居多,刘伶却以饮酒为乐趣,并且将酒奉之上品。因而浸在酒坛半醉半醒的他,写下这篇二百余字的《酒德颂》,不承想成了亘古妙文,把饮酒升华到了一种玄妙的境界。

有心栽花花不开,无心插柳柳成荫。世上的事就是这般奇妙。

有大人先生,以天地为一朝,万期为须臾,日月为扃牖,八荒为庭衢。行无辙迹,居无室庐,幕天席地,纵意所如。止则操卮执觚,动则挈榼提壶,唯酒是务,焉知其余?

有贵介公子,缙绅处士,闻吾风声,议其所以。乃奋袂攘襟,怒目切齿,陈说礼法,是非锋起。先生于是方捧罂承槽,衔杯漱醪。奋髯箕踞,枕麴藉糟,无思无虑,其乐陶陶。兀然而醉,豁尔而醒。静听不闻雷霆之声,熟视不睹泰山之形,不觉寒暑之切肌,利欲之感情。俯观万物,扰扰焉,如江汉之载浮萍;二豪侍侧焉,如蜾蠃之与螟蛉。

刘伶《酒德颂》

该篇颂里出现的主人公是个德行高尚的大人先生。他把天

地开辟以来的漫长时间看作一朝，把一万年看作一瞬间，以日月作为门窗，以天地八荒作为庭道。行走无迹，居无定所。以天为幕，以地为席，无论何时都沉湎于杯酒，放纵心意，随遇而安。到此等程度，该算得上是非常逍遥的人了。

大人先生为刘伶的自代，大概是醉酒后便忘乎所以，他常常自诩能遨游天地。平日他便以酒不离身闻名，这让妻子极为担忧。

《世说新语》里有一则故事：刘伶喝酒过多害了酒病，非常口渴，又犯了酒瘾。他向妻子要酒喝，妻子因丈夫饮酒太过，将酒倒了个干干净净，连盛酒、喝酒的器皿也一并砸毁。非但如此，妻子还动之以情、晓之以理，涕泪交加地劝诫丈夫"必宜断之"。刘伶贪杯，不可一日无杯中之物。妻子劝他戒酒，他答应得十分干脆："甚善！我不能自禁，唯当祝鬼神自誓断之耳。便可具酒肉。"妻子自是满心欢喜，很快便把供奉鬼神的酒肉准备好了。刘伶趁着妻子不在，对神台上的神明说他天生以酒为命，无酒不欢，于是便将供品当成了自己的大餐。等到刘夫人回过神来，刘伶已经酒足饭饱，醉倒在地。

对于酒完全没有抗拒力的刘伶，酒后更加毫无顾忌。他曾因喝酒喝得太多，为了散热而脱光衣服，大字状躺在自家屋内。一次客人进屋找他，发现他裸身而卧，便讽刺他放纵。刘伶笑嘻嘻地说："天地是我的房屋，房屋是我的衣裤，你们为什么要钻进我的裤子里？"客人顿时无言，尴尬地离开了。

刘伶虽然好酒到了放荡不羁的程度，可是依然很有骨气。这种生活状态和精神境界，又何尝不是刘伶心中真实的追求？即便有"贵介公子"无法忍受他"唯酒是务，焉知其余"的行为，他亦为此愤然而起，张目怒视，咬牙切齿地予以反驳。

故而，他依然抱着酒杯痛饮，枕着酒糟入睡，无忧无虑，其乐陶陶。困了便睡，醒了便饮，什么四时寒暑、声色货利，都像脚下随波逐流的"江汉之载浮萍"，渺小得不值一提。全颂洋洋洒洒，尽是刘伶的不羁风度。

刘伶同阮籍和嵇康一样，崇老庄，好玄学，却更添三分任性的调子。他嗜酒，不惜为了酒而不顾德行，但他并没有因此郁郁寡欢，反而表现得聪敏有趣。

"竹林七贤"当中，嵇康、阮籍、山涛、向秀等人都才高八斗，名留青史，刘伶以喝酒成名，以一篇《酒德颂》传世，彰显他不落于人后的才气，尽显真隐士风范。他自知酒中趣，生忘形，死忘名，也正因如此刘伶得以躲避司马氏的屠刀，在醉乡中享受属于自己的人生，寿终正寝。

他饮酒赋颂，给中国的酒文化增加了浓墨重彩的一笔。他不顾体统，可又参透了喝酒的最高境界，将世间一切抛诸脑后，无为无我，与世无争。

## 乱世知音，相惜相契

魏晋年间，适逢乱世，衡量友情、考验人心的机会比比皆是。司马氏在与曹魏斗争时，对文人名士所采取的高压政策令很多人都胆战心惊，甚至连交友都要仔细辨别，以免陷入不义的境地，连因何而死都不清楚。然而就在这个混沌荒蛮的时代中，竹林深处、碧溪潭边七位超凡脱俗的贤士遇见了彼此。

阮籍、嵇康、山涛、向秀、刘伶、阮咸、王戎的肆意畅快，让人欣羡。他们志趣相投，伴游竹林之中。同为俊才，却也不自知地应了"文人相轻"之言，在文海之中他们彼此惺惺相惜，毫无芥蒂，但在仕途之上屡起争执。

在"竹林七贤"里，最先选择做官的便是山涛。山涛博学多才，性格老练，众人中他最为年长，对于世事的看法更成熟，行事圆通。故而当司马氏屡次要他入仕之后，山涛选择了服从，随之他又出面拉拢嵇康一起做官。

嵇康作为"七贤"的精神领袖，向往归隐山林的生活，故对此次拉拢嗤之以鼻，且决然地写了一封"断交书"，这便是后世有名的《与山巨源绝交书》（山涛，字巨源）。其中大有类似"道不同不相为谋"的伤人字眼。

一纸绝交书，数十年友情就此断绝，山涛的痛心非言语能表，同时嵇康本人也并非不痛苦，在他内心深处，他还是对这段友谊很珍视的。于是，当嵇康赶赴刑场时，还是将自己的儿子托付给山涛抚养。仕途理想不同的两人虽然留书断绝恩义，却是真正的挚友。嵇康或许不认同山涛圆滑的官场作为，却深知这可能是黑暗混沌的时代的生存之道。所以他没有托孤懒散的阮籍、随性的刘伶、无为的向秀，而是将后代交予因一时意气留书绝交的山涛。

山涛似乎能够体会这位曾经的好友的一片苦心，嵇康临死之前托孤的行为说明他对自己信任如一，并想借托付子女的举动来表达他对山涛最深切的歉意。是以当山涛见到嵇康幼子嵇绍时老泪纵横，在二十年后荐举嵇绍为秘书丞。

为嵇康之死感到痛心的不只是山涛，还有向秀。向秀，字子期，是"七贤"中与嵇康私下往来最密切的人。嵇康为吕安辩护而被陷害，后被处死，向秀是二人最为亲近的密友，听闻此噩耗顿时感到悲愤交加。

自嵇、吕二人过世之后，司马氏坐拥天下，向秀深感难以

自保,他不像嵇康那样崇拜黄老,完全否定正统儒学,更倾向于寻求二者的平衡。于是向秀为了不受司马昭的迫害,赴洛阳应郡举,接受了司马氏的招揽。归程中他绕到山阳嵇康的旧居前来凭吊,望着故人茅庐在夕阳下清冷的影子,忽闻邻人吹奏笛曲之音,心中无限感怀,想起挚友嵇康临刑之时从容的气度、视死如归的气概,顿时悲从中来,老泪纵横,回到家中写下了怀念旧人的《思旧赋》,字字情真意切。

> 将命适于远京兮,遂旋反而北徂。济黄河以泛舟兮,经山阳之旧居。瞻旷野之萧条兮,息余驾乎城隅。践二子之遗迹兮,历穷巷之空庐。叹黍离之愍周兮,悲麦秀于殷墟。惟古昔以怀今兮,心徘徊以踌躇。栋宇存而弗毁兮,形神逝其焉如。昔李斯之受罪兮,叹黄犬而长吟。悼嵇生之永辞兮,顾日影而弹琴。托运遇于领会兮,寄余命于寸阴。听鸣笛之慷慨兮,妙声绝而复寻。停驾言其将迈兮,遂援翰而写心。
>
> 向秀《思旧赋》

每每吟出此赋,总令人忍不住想起"楚辞",想起《离骚》。在唯美的言语和华丽的比喻下面,隐藏的是笔者最深沉的悲伤。

赋的前四句交代了他路过嵇、吕旧居前的缘由。那日傍晚时分,他离开了阴沉沉的府衙,行走间,看到茫茫的山野和徐徐的河流,城郭化作残阳碎影,空巷里卷起阵阵冷风。路过逝去朋友的旧居前,他信步走上前去,站在故居门外徘徊。嵇康去世,他的妻儿也早已远赴他乡,故居却仍完好地立在那里。此时,他不经意间想起了秦朝李斯被腰斩的情景。

"昔李斯之受罪兮，叹黄犬而长吟"，是向秀在《思旧赋》里援引的历史典故。李斯临死之前，牵着儿子的手说："父亲答应牵着猎狗与你到郊外逐野兔，如今已经不能了。"李斯无法与其子享受天伦之乐的难过，与向秀和朋友阴阳两隔的痛一样，都是那么铭心刻骨。

向秀不能理解，为什么嵇康、吕安超凡脱俗、才华横溢，却落得身首异处的下场。难道这就是所谓的命运吗？恰在此时，邻家的笛声悠然响起，仿佛嵇康绝世的清音，难道是嵇、吕在借笛声向他述说不甘吗？事实上，不甘的是他自己的心吧。赋的末四句，向秀因慷慨的笛声而倍感凄清，越发地为友人和自身的不幸感到痛心。

司马氏政权下阴霾密布，向秀难以表达自己的不满，亦不敢吐露内心真言。他不想入仕，偏偏被迫接受了官职；他想躲进山林，却未能如愿。他的《思旧赋》仅仅写出了思念的情景，没有太多内心的阐释。不过，世人仍能看出，除却对友人的怀念，他亦隐晦倾诉了对黑暗现实的不满与愤慨。

君子与君子间默契的情感里渗着哀伤的滋味。无论是嵇康与山涛，还是向秀与嵇康，抑或七贤中其他人之间，即便相知却并不一定相同，各自都有不能诉说的苦衷和理由。但不管怎样，他们身处城郭的旧事都已成往日的追忆，他们的友谊仍在彼此的心间长存不朽，这便已经足够了。

或许这才是真正的友情，看似往来不多，却将最浓烈的情感存在心中，彼此留有适合的空间。正如龚自珍所说，"万人丛中一握手，使我衣袖三年香"，这份深情任由光阴酿成佳酿，不羁的醒与醉之间，彼此难忘。

卷二 文豪武将历沉浮

功名利禄,来去皆无。武人有武人的道,文人有文人的法。

## 书生将军，韬光守弱

并不是所有的将军于战场厮杀时，都如阎罗一般令人闻风丧胆。并非所有书生都手无缚鸡之力，无法抗战御敌。孙子曾说："夫用兵之法，全国为上，破国次之；全军为上，破军次之；全旅为上，破旅次之；全卒为上，破卒次之；全伍为上，破伍次之。是故百战百胜，非善之善者也；不战而屈人之兵，善之善者也。"

历史上就有这样一个传奇将军，他纵横沙场数十年，所向披靡，为西晋江山的统一起到了决定性的作用。可是他不会骑马，亦不会射箭，更不善于杀敌，这在历史上简直是一个奇迹，他就是杜预。

《晋书》里，杜预是历代史学猎奇者最想探讨和琢磨的玄奇人物之一。他通晓政治、军事、经济、历法、律令、工程等，人称"杜武库"，言战场之事他无一不知，唯一不会的便是武功。他绝非纸上谈兵的赵括，即便没有高强的武艺，他也能娴熟运用兵法。即便是一名"书生将军"，他仍然是非常成功的军事家。不仅如此，他有一套自己的人生哲学——"守弱学"，本着这套"至理名言"，无论在疆场还是在官场，他都走得潇洒、从容且淡定。

天非尽善，人无尽美。不理之璞，其真乃存。求人休言吾能。

悦上故彰己丑。治下不夺其功。君子示其短，不示其长。小人用其智，不用其拙。

不测之人，高士也。内不避害，害止于内焉。外不就祸，祸拒于外哉。

杜预《守弱学卷六·示缺篇》

弃笔从戎的杜预，因书生的身份，显得文质彬彬，不似彪悍的武将，倒有几分诸葛亮智计百出、运筹帷幄的气质。这个不以武力迫敌的儒将，无论面对敌人还是同僚都敢于承认自身的缺点。每次面对的敌人，无论是规模还是实力，都在他之上，他不得不承认自己身处弱势，但弱并不等于是坏事。杜预毫不畏惧把自己的弱点暴露出来，人无完人，物无完物。

在他撰写的《守弱学》中，他将人比作一块未经雕刻的璞玉。玉的表面虽然看似一般，不等于它没有好的玉质，只要经过

仔细雕刻，便能展现它的光洁，世人又何尝不是如此。

聪敏之人在上级面前要懂得谦逊，自曝短处；而一个好的统治者，要毫不吝惜地表扬臣下的优点。显示自己的缺点而不是显现自己的长处，此是君子所为，只有小人才乐于夸耀自己的长处，而绝口不提自己的短处。然而，杜预也提出了一个观点："不测之人，高士也。"世人无法真正看到高明之人的优缺点，因为他们的内心和躯体都不惧怕祸害，祸害自然也就无法伤害他们。击败一个人首先要击败他的内心，当他的内心无懈可击时，人便无敌。或许自曝其短是保护自己的一大利器，杜预一直立志做他心中的"不测之人"，其忐忑的人生经历，恰是"守弱学"强有力的佐证。

杜预一生的仕途犹如在海中游弋的帆船，经历过大起大落。因曾得罪过司隶校尉石鉴，他从高高在上的能臣变得一无所有，最终又因腹中满是诗书才学，重新得到帝王重用。在人前，杜预既不怕暴露弱点，亦不标榜自己的优势，无喜无惧地活着，如此可见他追求的乃是《示缺篇》末句所推崇的"高士"。

> 天威贵德，非罚也。人望贵量，非显也。恕人恕己，愈慼愈为君子可恕，其心善焉。小人可恕，其情殆焉。不恕者惟事也。富而怜贫，莫损其富。贫而助人，堪脱其贫。人不恕吾，非人过也。吾不恕人，乃吾罪矣。
>
> 杜预《守弱学卷八·恕人篇》

《恕人篇》的内容与《示缺篇》截然不同，前者是希望世人打开心胸。上天发威是因为天下德行变化，重点不在于惩罚世人；人受欢迎是因为其有气量，而不是因为他的显达和富贵。人要懂得宽恕别人以及宽恕自己。遇到君子犯错可以原谅，是因为君子良善；遇到小人犯错也可以原谅，因为小人终究会落得血本无归的下场。应关注事情本身，而非人，此便是对事不对人。如若别人不能原谅自己，不是对方的错；但如若是自己不原谅别人，这便是自身的罪过。如若说示弱是对外不树敌，那么恕人则是对内懂得内心建设。

杜预的"恕人"之道并不是说说就罢了，面对司隶校尉石鉴的陷害，他完全可以凭借家境以恶制恶，将其推翻，但智慧如他，他反而以德报怨，宽恕对方。他出身于曹魏时期，受晋文帝司马昭的青睐，对伐蜀和治国都起到了关键作用。即便因谗言而丢了乌纱帽，也能很快地恢复职位。复职后，他与石鉴同驻守陇右边区时，石鉴仍想着如何置杜预于死地，并迫他出关与外敌硬拼。这般小伎俩早已被杜预看穿，他并不反驳，只是抗命不出。

此后，石鉴对他再三陷害，而他深谙"大辱加于智者""大难止于忍者"之道，始终无动于衷。

并不是所有人都能忍受同僚的排挤与迫害，多数人要么给予重重反击，要么干脆辞官归隐，在山林处乐得逍遥自在。而杜预始终坚守信念，自有一套排忧的方法。彼时他正值壮年，且天生睿智聪颖，即便当下颇多苦难，但如若挺过去，便又是一个明朗的艳阳天。灭吴之战开始，杜预终于等到了尽情挥洒智谋和汗水之时。当时正值孙吴政局动荡期，是全面进攻的最佳机遇，纵然名将羊祜、能臣张华都是主战派，但大多数朝臣的态度都模棱两可，令晋帝司马炎陷入犹豫。羊祜病重弥留之际，将晋军主帅的位置交给杜预，而杜预也不负所望，数次进言，迫使司马炎不得不答应进攻东吴。

只是司马炎并没有任命杜预为主帅，而是任命他为西线指挥，取江陵、占荆州，负责调遣益州刺史王濬的水师。不过，杜预并未因此而气馁，而是接连采取避实就虚、声东击西、暗度陈仓的方法，连战告捷，顺利夺得荆州之地，旋即东进。在东进配合各路人马的同时，杜预分兵南下，攻占了交州、广州等地。在整个灭吴战役上，杜预斩杀、俘虏孙吴都督、监军一类的高级官吏十四人，牙门、郡守一类的中级官吏多达一百二十人。

一介儒将，看似手无缚鸡之力，却令成千上万的人饮恨于他的手下。相传晋吴交战期间，吴军唯独痛恨杜预。人人皆知杜预有"大脖子病"，即"甲亢"，于是吴军把葫芦瓢割出一个洞给狗套上，看到树结疙瘩，便在其上标出"杜预颈"的字样，挥剑把树砍倒。杜预知道自己常常遭受侮辱，但仍尽力享受他的人生，毫不在意。

"智以智取，智不及则乖。愚以愚胜，愚有余则逮。"（《守弱学卷二·保愚篇》）智者用智计作为取胜之道，但智计有失就会事与愿违。用笨办法作为取胜之道，肯在笨办法上下功夫，往往就能成功。世上的弱者远多于强者，可弱者依然能活得很精彩。杜预自称什么都不会，事实上却什么都会，这才是他的高深莫测之处。

一部发人深省的《守弱学》，没有苍凉的人生感慨，没有对岁月年华的追忆，也没有对时空浩瀚的深思，唯有杜预最深沉的、发自内心的感悟。它虽无华丽优美的风姿，却有最坚实、最耐用的内在，这或许才是世人需要的至理真言。

卷二 文豪武将历沉浮

## 功名难成，才高招祸

时势造英雄，英雄造时势。魏晋年间，战乱频仍，政权相互压制，一些人在这乱世中揭竿而起，一些人则命丧异乡。在杜预人生最辉煌的时刻，吴人大多过得都很痛苦，特别是身担恢复吴业之任的将门之后——陆机，他带着恢复祖业的压力离乡北上，到洛阳寻找一线生机。

远游越山川，山川修且广。振策陟崇丘，案辔遵平莽。夕息抱影寐，朝徂衔思往。顿辔倚嵩岩，侧听悲风响。清露坠素辉，明月一何朗。抚枕不能寐，振衣独长想。

陆机《赴洛道中作》二首（其二）

本诗是陆机北赴洛阳的途中写的，前四句是他在山川河流间行走时的所见所闻。告别了家乡亲人，陆机时而手握缰绳缓慢行走，时而策马翻过山川与绿野，看着一条条河流从眼前经过，感受时光的飞逝，接受风尘的洗礼。夜晚伴着自己孤零零的影子入眠，清晨又怀着悲伤起身上路，一回首便思念吴地，再转身则前路茫茫。来到高山险路，他本想寻个避风的地方坐坐，耳边却听着在山间罅隙里呼啸的风声，如同哭泣一般。

"抚枕不能寐，振衣独长想。"一个孤枕难眠的夜晚，月光明朗，一滴晶莹的露水悄然滴落，在石头上激起清脆的响声。面对这样静谧无声的夜晚，这般皎洁的月光，陆机更加难以入眠，轻抚头下的包袱枕头，左思右想，遂起身穿衣，盘坐冥想，心却更加烦乱。在启程前，谁都无法预料前方的情形。

陆机的祖父陆逊、父亲陆抗皆是东吴名将，作为将门虎子，重振陆家雄风的重担自然压在了他身上。在他二十岁时，东吴刚亡，陆机和弟弟陆云隐居起来，于诗书中体会墨香的奇妙，在山水中寻找人生的意义。那段与弟相伴的欢乐的日子，大概是他一生中珍藏的记忆。他天真烂漫，又富奇才，若能安然地生活在江东，人生定然别有一番际遇。可是十年后，迫于复兴家业的压力，他不得不远赴洛阳求取功名。

一路上翻山越岭，饱经艰险困苦，终于抵达洛阳。彼时命运于他倒也慷慨，时任太常的张华对其十分欣赏，便将他和他的弟弟陆云都接入府中。张华是晋帝司马炎身边的重臣，他以"伐吴之役，利获二俊"大赞二人，并向司马炎极力推荐兄弟俩，一时间二陆到了"天下谁人不识君"的地步。

据闻当时还有"二陆入洛，三张减价"之说。"三张"即

张载、张协和张亢三人,他们是当时有名的文士,享誉中土,名重一时,然而陆机和陆云此时是张华身边的红人,他们一举抢了"三张"的风头,自然也在情理之中。

尽管受到了如此礼遇,陆机的仕途却并不顺利。晋人多不喜吴人,这两个国家的矛盾与仇恨,需要漫长的时间来消除,统治者司马炎更是以吴人"屡作妖寇"为由,不愿起用陆机。直到晋惠帝时期,这种状况仍未改变,锦瑟年华,随着滔滔东去的流水,一去不复返。

陆机向来为自己的出身和才学感到骄傲,只是梦想犹如断线的风筝,越飞越远,这让他感到心灰意懒。但他知道,不得已之时他唯有重新寻找出路。于是,当贾谧招揽文人,组成"二十四

友"时,茫然的陆机好似重新找到了牵引线,毫不犹豫地依附于他。

  伊洛有歧路,歧路交朱轮。轻盖承华景,腾步蹑飞尘。鸣玉岂朴儒,凭轼皆俊民。烈心厉劲秋,丽服鲜芳春。余本倦游客,豪彦多旧亲。倾盖承芳讯,欲鸣当及晨。守一不足矜,歧路良可遵。规行无旷迹,矩步岂逮人。投足绪已尔,四时不必循。将遂殊涂轨,要子同归津。

陆机《长安有狭邪行》

  此诗开篇即道明,在洛阳的郊外有多条歧路,歧路上布满了

车轮留下的印记。富贵风雅的人们身着华服，坐着豪华的车子，于山野间尽情地游玩，生活是那样奢侈和惬意；而周围往来的是身着朴素衣服、终日奔波劳碌的普通百姓。

洛阳歧路便如同人生旅途一样，人们来去匆匆，有人光鲜亮丽，有人碌碌无为。陆机，亦是旅途上的一名倦客，即便曾经身世显达，但往事随风，一切都未留下痕迹。尽管心有不甘，但面对无常的命运，他只能默默承受这一切。在波折弯曲的途中，他慢慢悟到："将遂殊涂轨，要子同归津。"人生并非只有一条路可走，歧路有太多，踏上另外一条也许境遇就不再一样，最终也许一样可以实现自己的梦想。

选择奔赴洛阳，求功名而不得，或许一开始这便是一个错误。陆机笃信着"易学"里宣扬的"殊途同归"的道理，心想与其从司马氏那里求一官半职，不如拜入权倾朝野的贾谧门下，通过贾谧的势力帮助自己重振陆家祖业。他深知依附奸佞之臣无疑是玷污名声，聪慧灵秀如他，但为了振兴家族，他早已黯然神伤，唯有躲在角落偷偷舔舐自己的伤口。在石崇打造的金谷园里，陆机把自己的大好时光，皆倾注在风花雪月、吟诗作对的生活中，每日醉生梦死，不知今夕何夕。

与陆机一道的还有潘岳、左思、刘琨、欧阳建、陆云、杜育、挚虞等众多文人，包括石崇本人在内，他们把自己真挚的、蓬勃的心统统埋葬。到"二十四友"罹难以前，陆机仍然满怀信心，即便遇到再多的阻碍，仍然坚定地认为自己可以重现陆氏昔日的风光。

他的愿望在贾谧被诛后一度破灭，但在八王之乱时重新燃起。那抹羸弱的希望之火，支撑了他的晚年。晋惠帝太安二年

（公元303年），都王司马颖欲往洛阳讨伐长沙王司马乂，司马颖遂任命陆机为后将军，大概是看中了他乃将门之后，又在东吴参加过抗晋之战，在战场上指挥达六年之久，已经快五十岁的陆机感到了"复兴的曙光"，毫不犹豫地答应了司马颖，却在伐洛的鹿苑惨败而归，归来后便被司马颖暗杀了。

集悲情于一身的陆机，总为后人所非议：他苟求功名是错，贪图富贵又是错，攀龙附凤还是错，老而不服，错、错、错。可他又何尝不想抛开一切呢？那个时代的文人有谁不会犯错呢？可是他们还得继续走下去，只因歧路已上，不可折回。

"天道信崇替，人生安得长。慷慨惟平生，俯仰独悲伤。"（陆机《门有车马客行》）在午夜梦回之际，陆机依稀记得在赴洛阳的道路上那份孤寂和彷徨，生命在奔波中耗尽，俯仰之间余下的是冷清的哀伤。成为这种哀伤祭品的，是继陆机之后坠落的一个又一个文坛痴魂。

## 豪侈暴戾，自是情痴

提及历史上出名的贪官，必有清朝和珅，而出了名的富豪，必有西晋的石崇。和珅的贪是小心翼翼的，让人鲜少抓住把柄，而石崇干脆明抢，而且专门抢劫商人，短短几年便积累了大量金银财宝。

石崇大肆挥霍财富，建豪宅，养姬妾。他并非如痴情男子般将心爱的女子捧在手心，对其百般宠爱，而是视其为玩物，甚至可以无情地杀死身边的美人。

石崇每次大摆筵席时，总命美人斟酒劝客，若客人婉言拒绝，他便让侍卫把美人杀掉。一次，丞相王导与大将军王敦来石崇家中赴宴。王导不善饮酒，但知道石崇有杀美的恐怖嗜好，于是凡有美人给他斟酒，他生怕美人因自己而香消玉殒，便不得不喝，以至于在酒宴中差点醉倒。王敦恰恰相反，他坚持不饮酒，使得石崇连杀了三个美人。然而，就是这样的男子，也有柔情似水的一面，对甚合心意的女子，石崇竟也会抛出自己的柔情，实为奇闻。

我本汉家子，将适单于庭。辞决未及终，前驱已抗旌。仆御涕流离，辕马为悲鸣。哀郁伤五内，泣泪沾朱缨。行行日已远，遂造匈奴城。延我于穹庐，加我阏氏名。殊类非所安，虽贵非所荣。父子见凌辱，对之惭且惊。杀身良未易，默默以苟生。苟生亦何聊，积思常愤盈。愿假飞鸿翼，弃之以谴征。飞鸿不我顾，伫立以屏营。昔为匣中玉，今为粪上英。朝华不足欢，甘为秋草并。传语后世人，远嫁难为情。

石崇《王明君辞》

石崇曾建一栋豪华别墅，称为"金谷园"，此地集合了诸多当世的著名文人，世称"二十四友"，他便是这二十四人之一。在一片吟诗作赋的氛围中，即便石崇再不懂风情，耳濡目染也会成为风雅人士。这篇写昭君出塞的诗便是他一生中被人肯定的佳作。

从文风来看，汉代的胡风和张扬、沉郁与肃杀处处可见，此诗并不以绮艳、缛丽取胜，但字里行间却溢满真情，不难看出石崇对昭君的怜惜。诗中讲述的便是昭君出塞后的心情，她迫于无奈离开家乡，为安土和亲，

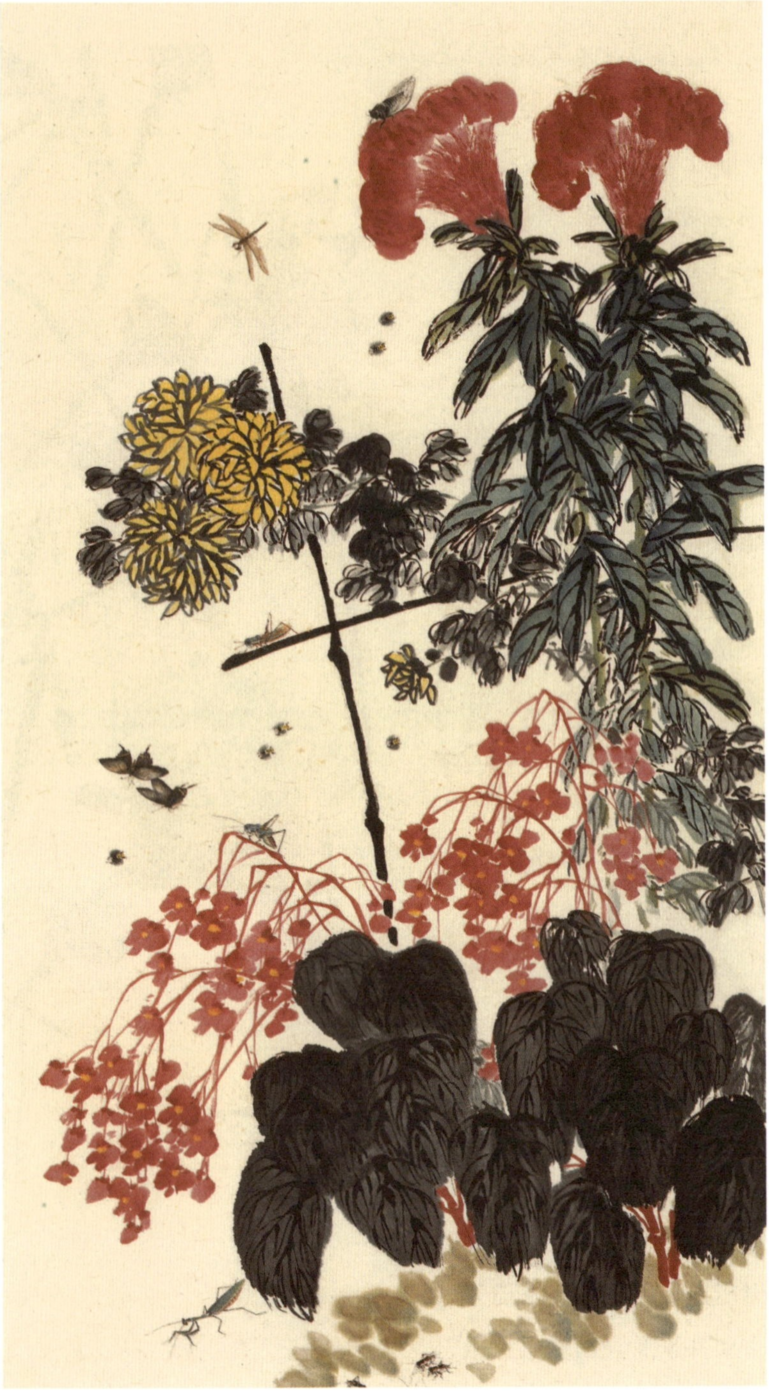

纵使满心愤慨，日夜忍受着思乡、思国的煎熬，却又不得不于他乡苟存。恨嫁难言，有苦难述。

世人总是钦佩昭君的大度与勇气，赞叹她的坚强与从容，却难以体会她心里藏匿起来的悲伤与绝望。哪个女子不愿在如花的年纪，嫁给爱慕的如意郎君，而她却只得离乡背井，嫁到蛮荒之地。

西域的风烈烈而响，好似为她哭泣。她孤身一人到他乡生存，或许至死都无法回到故土，长安那座富丽堂皇的宫殿，家中年迈的双亲，早已遥远得如同前世的一场梦。思念钻心蚀骨，她除却忍受别无他法。

石崇也是有心的，而且他的一生当中也的确遇到过真心的爱人。一个有心的人即便再冷漠，也有动心的时刻。石崇在朝廷中任重臣时，一次，他奉命到交趾（古越南）做采访使，回程途经白州双角山（今广西博白县绿珠镇），遇到绝色美女梁绿珠，便以十斛珍珠从其家人那里换来了她。绿珠善乐善舞，精通非常著名的舞蹈《明君》，扮演王昭君惟妙惟肖。后人推测石崇的《王明君辞》极有可能是为绿珠所作，后被收录到石崇的文集里。不管此辞为谁所作，总之石崇深深地恋上了绿珠，说不清他是因绿珠而喜昭君，还是因喜昭君而怜绿珠。

爱情本就剪不断，理还乱，无法说清，亦无法道明。在众多姬妾里，石崇对绿珠的喜爱已不再是普通的欣赏。他为绿珠做的每一件事，都是出自真情。即便她不曾开口，他早已默默为她准备好了一切。例如，因为怕绿珠思念家乡，石崇在金谷园里建造了数百丈高的崇绮楼，可"极目南天"，让她登楼观望，以慰思乡之情。这楼极尽奢华，以珍珠、玛瑙、琥珀、犀角、象牙等镶

饰。石崇造楼建园的做法与乾隆皇帝为香妃盖回鹘村的行为极其相似，只不过石崇更奢侈，务求华美。

在朝堂之上，石崇与皇后贾南风的外甥贾谧的关系甚为密切。八王之乱伊始，贾谧被诛后，石崇因与他是同党而被免官。赵王司马伦专权，而石崇的外甥欧阳建与司马伦却结下深仇。当时赵王司马伦手下的孙秀暗恋绿珠，见石崇失势，想趁机霸占绿珠，于是派使者到石崇那里要人。石崇自是不答应，他爱绿珠，怎肯轻易相让，便将孙秀的使者训斥一番。

孙秀得不到绿珠，自然也不想让石崇拥有。于是，孙秀力劝司马伦诛杀石崇，将他的钱财据为己有。石崇深知得罪孙秀必然大祸临头，心痛却又释然地对绿珠说："我今为汝获罪矣。"绿珠泪水滚滚而下，道了一句："君既为妾获罪，妾敢负君？请先效死于君前。"说罢便从高耸的崇绮楼上一跃而下，她以死回报他的恩宠。

不久，石崇即被司马伦派人带走准备斩杀。这一生中，他曾一掷千金，只为过一种恣意潇洒的生活；他也曾深深品味过爱情的滋味，与绿珠相爱相知。直到被押至刑场，石崇方才明白自己因财多炫耀招致祸端，他有所悔悟，但为时已晚。

## 高山景行，不同流俗

历史上，最重礼教之说的莫若孔孟之道，然而在纷乱的魏晋之时，礼教似乎已经荡然无存。且不说富豪石崇的浮夸奢侈，亦不用提西晋名将军王敦如何好色。每个时代都存在贪财好色之徒，只是在魏晋嬗代之际，司马氏难以在"忠"上做表率，只能在"孝"上做文章。

司马氏尊奉儒家学说，极力拉拢尊崇孝子重臣，是为自己可以名正言顺统治天下。故而当"王祥卧冰""王戎死孝"的故事一经传出，司马氏欣喜若狂，立刻拿过来作为全民的道德标杆。

这两个故事于今可谓是怪谈,不过在那样一个统治者迫切寻找道德模范的时刻,却被用来教化众人。王祥生母早逝,继母时常虐待他,并在其父面前诋毁他。他非但不懊恼,反而对父母愈加恭敬。一年冬天,继母忽然想吃鲤鱼,但因天气严寒,河水结冰,集市无鱼。王祥便脱了衣服躺在冰上。作为王祥族孙的王戎也极有孝心,母亲去世后终日愁眉不展,不久便骨瘦如柴。然而守丧期间,他并未忌酒忌肉,否则他平日所服用的"五石散"便会置他于死地。在为母亲的死亡痛心时,他还要为了活着去打破守孝的规矩。

然而，诸多人把王戎这般行为称之为"死孝"。"死孝"即以死尽孝道。如此看来，王戎虽然礼数不周，但他能为母亲的去世哀伤过度而形销骨立，令人动容，值得西晋的士大夫膜拜学习。

孝与不孝，是从内心涓涓流出的深切情感，苛求不来。孝并没有固定的模式，规定的行为。顺从父母之意是孝，但明知父母有错，仍绝对服从即是愚孝。卧冰求鲤固然令人感动，但这般行为与儒家所言"身体发肤，受之父母"是否又相悖呢？父母亡故，守孝有严格的礼数，王戎为母亲守孝却礼数不周，是否说明他并非孝子呢？其实孝与不孝根本不应用规矩来衡量，而应用人心来评判。面对孝之情与孝之礼的冲突，魏晋的士族阶层表现出了越礼重情的特点。

还有一帮魏晋士族阶层，他们守着满口仁义道德，却做着穷奢极欲的事情。然而，面对晋代这种人心不古、世风日下的局面，很多文人却敢怒不敢言。由于惧怕司马家族的高压政策，生怕哪一句逆耳之言传到统治者耳中，落得诛杀九族的下场。落笔做文章时，便只谈清风明月。出身贫寒，天性倔强而执拗，视钱财富贵如粪土、荣辱如浮云的左思偏不信这个邪，他大反其道，慷慨陈词，拿古人做文章，写了八首咏史诗，句句带刺，指上骂下，痛快淋漓。

吾希段干木，偃息藩魏君。吾慕鲁仲连，谈笑却秦军。当世贵不羁，遭难能解纷。功成耻受赏，高节卓不群。临组不肯绁，对珪宁肯分。连玺曜前庭，比之犹浮云。

左思《咏史》八首（其三）

醉美诗书：美得令人心醉的魏晋诗文

左思非常仰慕段干木、鲁仲连等历史上有名的贤士，于是他以两人的经历来鼓励自己。段干木是战国时期的贤者，虽隐居安卧茅庐不出仕，仍私下提点魏国君主，使魏国免遭秦国的兵祸；而鲁仲连是战国末期的名士，喜好自由自在不受束缚的生活，却能在国难时站出来解除祸乱，待大功告成后拒不受赏，并以此为耻。左思欣赏的便是二人的高洁，对于这些人来说，名利不过浮云，不值一提。

左思的每一首《咏史》，所言的古人要么是贤士，要么是英雄，他一面高声赞叹，一面低语自抚疗伤。由于晋代门阀制度的限制，严重影响寒士进入仕途，所以左思极度唾弃门阀势力，一度流露出厌世的情绪，也曾立志要远离这个腐败的俗世。虽说如此，他更多的是心有不甘。他歌咏名士英雄之举，大有毛遂自荐的意味。在古代，凡是自诩有几分才情的人，多半想要成为风云人物，名载史册。晋惠帝时，左思也曾依附权贵贾谧，是文人集团"二十四友"的成员。不过，贾谧的惨死，让他意识到自己误入歧途。所以八王之乱时，齐王司马冏召左思做记室督，他毅然决然地拒绝了。

左思赶上的不是一个值得他为之付出一切的时代。两晋的门阀家族非常庞大，单山西裴氏一家，在百余年间就出了数百名高官，风光无限。被贵族笼罩的朝廷，如左思一样寒微的下层士人倾尽一生，也跳不进龙门，踏不上仕途。然而，与门阀沾边或者依附权贵也未必是好事，他曲折的经历便是有力的佐证。况且，贵族们声色犬马的糜烂生活难免让人生出厌恶之感，这使左思更为苦闷。这个完全没有士人气节的上流社会，怎能不让人失望透顶？

左思自觉是大丈夫，有自己该坚持的东西，也有该摒弃的东西，与其守着那一点报效国家的信念，不如放声宣泄不满，抱着自己的情操潇洒离去。但他的背影总是显得孤傲清冷，透着浓浓的凉意。有些人学会扮伪君子，扮得很成功；有些人能够做真小人，过得也很舒坦，但他两者都做不到，只得在寂寞的荒原中，独自守着自己的节操，茫茫然不知所往。

卷三 竟陵文士深宫情

他们是竟陵最杰出的文士,把南朝文坛照耀得绚烂夺目,却因为单纯与傲气,最终换来官场凋零梦。高大的宫墙圈养着畸形的欲望,繁华背后的悲哀,远不如田间的野花自然、纯美。

## 才子帝王，舍道入佛

皇帝与和尚，是人生的两个极端：一个是人上之人，天宠之子；一个是方外之人，斩断七情六欲。凡夫俗子想要走到其中的任何一端，都非易事，更遑论兼具两个极端，简直势如水火，不能相容。

但总有一些超凡之人能将不可能的事情变为现实，梁武帝萧衍便创造了这个奇迹。这个在史书中被称为"六艺备闲，棋登逸品，阴阳纬候，卜筮占决，并悉称善。……草隶尺牍，骑射弓马，莫不奇妙"的全才君王，既博通，又专精，有着历代君王少有的才情。

梁武帝是一个合格的帝王，他在位期间所获的成就可以与南朝开国皇帝相比。他将皇帝与和尚这两个"极端"汇聚在了自己一个人的身上，甚至有几次做出入寺舍身为奴之事。有这样一个以佛法治国的帝王，就像后世汤用彤先生总结的一样："南朝佛教至梁武帝而全盛。"其实，萧衍的宗教生涯并非纯粹属于佛教，他也曾和"山中宰相"陶弘景一起沉迷于道教。就在他为道法养生着迷之时，佛教传入中国并日渐壮大。萧衍在了解佛教的教义之后，便毅然转投到了佛教的门下。在他眼中，一切与佛教有关的东西都是如此美妙，而因自身的修佛，这份美妙不再遥远，仿佛近在咫尺。

有一间相宫寺，因萧衍的儿子梁简文帝萧纲和他的一篇碑铭，让后人得以顺着时光的线索，回到那个处处弥漫着佛香的时代，见识一下古寺的宏大、庄严。萧纲的这篇碑铭传神地将父亲萧衍对佛教的笃信以及名寺、古刹的庄严与肃穆描写了出来，成为追忆那个年代不可或缺的佐证。

> 真人西灭，泊罗汉东游。五明盛士，并宣北门之教；四姓小臣，稍罢南宫之学。超洙泗之济济，比舍卫之洋洋。是以高檐三丈，乃为祀神之舍；连阁四周，并非中宫之宅。雪山忍辱之草，天宫陀树之花，四照芬吐，五衢异色。能令扶解说法，果出妙衣。鹿苑岂殊，祇林何远。
>
> 萧纲《相宫寺碑》（节选）

他弃道修佛的转变便是从"真人西灭，泊罗汉东游"开始的。佛教在印度逐渐衰亡，僧侣们开始踏上东行之路，来我国弘

扬佛法。那些擅长教授佛门弟子五种学问的高僧们,一起在禁中北门宣讲佛教。就连曾经整日崇尚儒家的臣子,也逐渐停止了南宫的儒学。讲授佛学的盛况,甚至超过了孔子在洙泗之间聚徒讲学时座无虚席的盛况,可与舍卫国盛大壮观的佛事相媲美,真不愧是"超洙泗之济济,比舍卫之洋洋"。

佛法经义自是高深莫测,非常人所能参透。然而,这宏大的规模,这通俗的话语,让天之骄子几乎如入魔一般无法自拔。佛法对于梁武帝而言,不再是玄妙不可及的外物,不再有镜花水月般的朦胧之感,而是有了内心的皈依、灵魂的笃定。佛教自此成为帝王的信仰,由此也日趋壮大起来。

万物皆有前缘,微风乍起,波澜顿生;沧海变迁,方有桑田。佛教势力渐盛,寺院由此扩建,自"是以高檐三丈"至"祇

林何远"，对此现象的详细描述，绝非夸张之谈。

那些高达三丈的屋檐、四周相连的亭台楼阁，并非官宦巨贾们的居所，而是祭祀神明的房舍。雪山之巅那代表智慧与觉悟的忍辱草，天宫中见月光而开花的陀树，南面鹊山上那茂盛的黑木，皆散发着动人的光彩和迷人的芬芳，少室山上的帝休树枝叶繁茂色彩斑斓，这些仿佛皆是普度众生之佛的神圣赐予，使人能揣摩领悟佛法的奥妙。如此看来，此处与释迦牟尼成道后初转法轮之地——鹿野苑，也并无相异之处，而那些所谓的祇园精舍，也便不再如空中之月那般遥不可及。

自从舍道入佛之后，萧衍的人生便发生了巨大的变化。如若人生是一场修行，那么此刻他便以最为诚挚的行动，表达对佛的皈依：不近女色，不吃荤，不沾酒，用佛教清心寡欲的教义约束

自己本可奢侈无度的生活，俨然一个带发修行的佛门俗家弟子。或许有人嘲笑萧衍此举的荒唐，但不可否认鲜有帝王能笃信到这般地步。

然而，萧衍并不满足于此。普通八年（公元527年）三月八日，萧衍前往同泰寺第一次舍身出家。他脱下皇袍，穿起法衣，为僧众执役，情愿舍去万里江山，舍去九五之尊的名衔，也舍去三宫六院的倾城红颜，只为做一名真正的佛教徒。

命运自有安排，尘缘自有定数，荣华富贵属于身外之物，自然可以放下，但帝王的身份无法舍弃，即便心中有千般不愿，万般不甘，他终究要返回金碧辉煌的宫殿，指点江山。

故而，三天之后，萧衍回到皇宫，大赦天下，并改年号为"大通"。此后，萧衍曾多次"出家"，且出家的时间日益增长。直到后来，他甚至要求朝中大臣给同泰寺捐钱赎回"皇帝菩萨"。至此，萧衍的心已然皈依佛门，而那金贵的帝王身份，则恰恰成为他为佛门尽绵薄之力的手段。

因萧衍虔诚至极，佛教几乎被推上了国教之位，一时间朝廷内外、王侯百姓奉佛成风，修建佛寺、铸造佛像、兴办无遮大会成为人人热衷的活动。寺院更是数不胜数，仅建康（今江苏南京）一处便有五百余座，且每座"经营雕丽，奄若天宫"，故而，诗人杜牧"南朝四百八十寺，多少楼台烟雨中"的诗句便不足为奇了。

然而，迷蒙的烟雨之中，诸如同泰寺、大爱敬寺、大智度寺之类的名寺、古刹随着时间的流逝，以及佛教势力的衰微，逐渐失去了耀眼的光辉，甚至湮灭于历史的长河中，不再被人提及。

> 开基紫陌，峻极云端。实惟爽垲，栖心之地；譬若净土，长为佛事。银铺曜色，玉础金光；塔如仙掌，楼疑凤皇。珠生月魄，钟应秋霜；鸟依交露，幡承杏梁。总舒意蕊，室度心香；天琴夜下，绀马朝翔。生灭可度，离苦获常；相续有尽，归乎道场。
>
> 萧纲《相宫寺碑》（节选）

古人有风水之说，寺院的位置更是极为讲究。寺院本是僧人修习佛法之地，纵然佛祖自在心中，但于崇奉佛教的帝王而言，

修行之所格外重要。此节选段的前三句，便道出了相宫寺之地的深幽与静谧。在京城大道奠基修建的相宫寺，宏伟壮丽，高耸入云。地势极高且土质干燥，实乃修建祇园精舍的理想之所，亦是心灵休憩的最佳选择。

　　相宫寺自有令人称奇之处，不然皇帝也不会常来此地修行。银制的门环底座散发着明亮的光彩，汉白玉做的梁柱础礅闪耀着金光，凌空的塔楼仿佛仙人的手掌，巧妙设计的楼台犹如展翅飞翔的凤凰。炫目的珠宝与清冷的月光相映成趣，寺庙的钟声应和着凛凛的秋霜。鸟儿在清晨露水凝结之时飞离巢穴，幡旗在杏木梁下迎风招展。敬佛的心意如花蕊般散发出芳馨，四周环绕的是虔诚供佛的焚香。在如此清静之地，佛家的修为必能达至极高之境界，甚至"生灭可度，离苦获常"，亦不足为奇。宽厚仁慈的

佛法，让世人笃信，路途总有终点，轮回必然存在止境，永恒之界自会在苦心修行之后显现。进入永恒之前，总会有一个尽头，那就是相宫寺这一道场。

相宫寺，一个在梁代时未被列入名寺之列的寺庙尚且有如此的规模，其他古刹之气势可想而知。辉煌的寺院，散布于烟雨迷蒙的建康城，缭绕的佛香似乎从未间断过，萧衍开创的梁代，一如他皇帝与和尚的双重身份，曲折迷离。

## 一代文才，误入官场

> 元长秉奇调，弱冠慕前踪。
> 眷言怀祖武，一篑望成峰。
> 途艰行易跌，命舛志难逢。
> 折风落迅羽，流恨满青松。

沈约《伤王融》

魏晋之时，琅琊王氏是最具代表性的家族之一。王融是东晋宰相王导的六世孙，出身于这个名气斐然的豪门家族已是莫大的幸运，更何况上苍又许他八斗才情。年少之时，他便已"神明警惠"，在母亲临川太守谢惠宣女的教导之下，更是"博涉有文才"，未到弱冠之年便被举荐为秀才。

  王融有自负的资本,他的《三月三日曲水诗序》名动一时,不仅轰动了江左的文坛,就连北朝的士人也为其文采所折服。

  天赋使然,际遇使然,王融像是注定要与文字结下千丝万缕的联系。韩愈有云"术业有专攻",在文学这片广袤的天空中,王融好似雄鹰一般,展开双翅恣意翱翔。他在书卷中习学研读,体会着那份宁静致远的美。

  他将整个时代当作舞台,将笔墨纸砚当作道具,欲用万丈才情、凌云壮志,绽放出足以照亮一生的光芒。作为琅琊王氏的后人,他立志要干一番大事业,在而立之年成为宰辅之臣。一个人一旦渴慕的东西多了,就必然会为之付出难以想象的代价,并不是他苛求,不过是有所舍弃才能有所收获的简单道理。

  然而,万事皆是一半明媚一半忧伤。上苍许了王融显贵的身世、非凡的才情,同时又让他生在乱世中。永明十一年(493年),王融二十七岁,时任中书郎,这与他所期望的宰相之位相距甚远,他对当下境遇不满也在情理之中。故而,他总是心怀悲凄,甚至在处理政务之时,忍不住发出这样的悲叹:"如今已年近三十,却还是如此落寞,真要被东汉时期二十四岁便担任司徒的邓禹笑掉大牙了。"

  他的才情、他的抱负,比他年长二十六岁的忘年交沈约全都明白,故而能提笔为他写下这般诗句:"元长秉奇调,弱冠慕前踪。"沈约定是喜欢这个才华横溢且有凌云壮志的年轻人,所以才会希望王融能实现自己的愿望。

  只是,命运之海波折汹涌,在齐武帝萧赜即位的第十一个年头,乱世中难得的平静时光出现了不寻常的征兆:新年伊始,年仅三十六岁的皇太子萧长懋,便毫无征兆地先他父亲去世。向来

以保守治国的萧赜，突然下令北伐。进攻的大计还未来得及付诸实施，萧赜却一病不起……就在这些细微的变化之中，王融嗅到了成功的味道，却忽略了同时传来的危险气息。

酷热难耐的七月，齐武帝的病情日渐加重，纵然他仍留恋一呼百应的帝王生活，但深知大限已到。因太子萧长懋过世，皇储问题又提上日程。世人皆认为嫡次子、竟陵王萧子良，是太子的不二人选，然而病得奄奄一息的萧赜却按照"立嫡以长不以贤，立子以贵不以长"的古训，立容貌俊美、写得一手好字却臭名昭著的长子萧昭业为太子，且让萧子良辅佐太子。

立皇储向来是宫廷大事，齐武帝不得不谨慎。出于对整个国家的考虑，他又产生了改立萧子良的念头。于是，他下令让萧子良入殿侍奉汤药，萧衍、范云、王融等人也一并随萧子良在殿内侍候着。此时，写得一手好文章的中书郎王融，便负责起草遗诏。齐武帝的犹豫不决，让向来有意拥立萧子良的王融看到了希望，让他下定决心在这个关键的时刻赌上一把。

他趁着齐武帝弥留之际，利用中书郎的职权，起草了一份将皇位传给萧子良的遗诏，并在门口拦截萧昭业，以阻止其与皇帝见面。

本是明朗的晴天，却忽然响起一声惊雷，茫茫宦海中顿时波澜四起，浪潮翻涌，王融乘坐的小舟，自然也是颠簸晃荡，眼看就要底朝天。早已昏迷不醒的齐武帝突然醒了，他醒来的第一句话便是问皇孙在何处，王融自认为十拿九稳的诏书，突然就变成了一张废纸。

好不容易醒过来的齐武帝，当面授意萧昭业继承王位，萧鸾与萧子良共同辅佐。一场惊心动魄的事件，就此平息了。王融位极人臣的美梦，就此破灭，果真是"一篑望成峰"。但他输掉的还不只是一场美梦，还有他的性命。萧昭业登上皇位后，王融便成了无用之棋，自然要被舍弃。萧昭业即位后仅仅十日，王融便被收押入狱，诏命赐死，是年二十七岁。

这般结局，其实从一开始便已注定，纵然王融占据着极大的优势，但他帮助萧子良登上帝位的这一决定，并没能像后来的玄武门之变一样，得到同盟者的支持。追根究底，王融都是一个人在战斗，就连他支持的萧子良，也在紧要关头背叛了他，这就注定了他的这场战斗必然会以失败告终。

这样的结局是王融和沈约都不曾预见的，故而，王融丢掉了性命，而沈约也只能在挚友死去之后，"流恨满青松"之时，无奈地道一句"途艰行易跌，命舛志难逢"来表达对旧友的哀伤与惋惜之情。但沈约始终无法释怀：才华横溢的王融，本应是为文坛而生的，为何要成为那个钩心斗角、变幻莫测的官场的牺牲品？

## 清逸流丽，浑然天成

在幽深的岁月中，书页会渐渐泛黄，墨迹会日益黯淡，然而那些绝美的诗篇，经过时间的润泽，反倒变得越来越有意韵。如今，早已寻不到古朴卓绝的学塾坍圮了，但窗明几净的教室中，依旧传出琅琅书声。其实，一切都未曾改变，那些散着墨香的诗文，自始至终都滋润着国人的心灵。

文化没有断层，后人站在前人的肩膀上，得以看到更为广阔的世界。

即便是"诗仙"李白也不例外，当后世之人摇头晃脑地吟诵他的名篇佳作之时，殊不知，目光锐利、极度自负的李白也曾为自己的偶像谢朓而倾倒，品读着偶像的诗作，李白不禁道出了"我吟谢朓诗上语，朔风飒飒吹飞雨"，字里行间满是对谢朓的敬畏与赞叹。

谢朓出生于历经数百年经久不衰的东晋四大门阀士族之一——陈郡谢氏，强大的政治势力背后，是震惊天下的才情。谢灵运、谢安、谢道韫、谢庄都是谢朓的同族，他们皆以长于写景而名动天下，尤其是山水诗的开创者谢灵运，更是以清新自然的诗风赢得了世人的赞誉。拥有过人天赋的谢朓，便是生长于这样的书香世家，耳濡目染中，他年少之时便能写出清丽脱俗的诗作，尤以五言诗最为擅长。谢朓早早地在文坛上闯出了"小谢"的名号，与谢灵运并称"二谢"。

让李白折服、甘愿"一生低首"的，是谢朓飘逸空灵的诗作，是其中所体现出的"清水出芙蓉，天然去雕饰"的清新风格。他被庙堂放逐之后，大唐的山山水水皆成了他的归宿。为了拉近与谢朓的距离，李白更是将一生的大部分时光，都留在了钟灵毓秀的江南，特别是那个谢朓曾留下无数名作的宣城（今安徽宣城）。齐明帝建武二年（495年）春天，谢朓接到任命，出任宣城太守。一切准备妥当之后，谢朓自金陵出发，逆大江而行，到宣城赴任。途经长江沿岸的三山之时，写下了名篇《晚登三山还望京邑》：

灞涘望长安，河阳视京县。白日丽飞甍，参差皆可见。余霞散成绮，澄江静如练。喧鸟覆春洲，杂英满芳甸。去矣方滞淫，怀哉罢欢宴。佳期怅何许，泪下如流霰。有情知望乡，谁能鬒不变？

谢朓《晚登三山还望京邑》

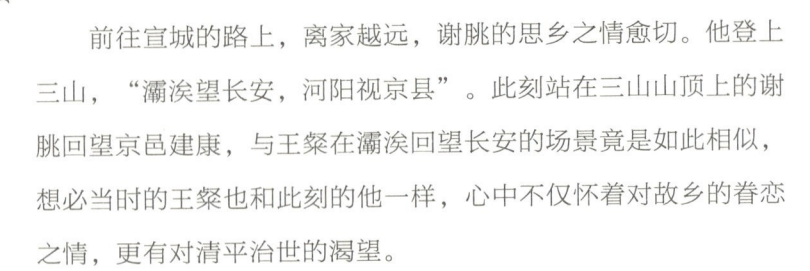

醉美诗书：美得令人心醉的魏晋诗文

　　前往宣城的路上，离家越远，谢朓的思乡之情愈切。他登上三山，"灞涘望长安，河阳视京县"。此刻站在三山山顶上的谢朓回望京邑建康，与王粲在灞涘回望长安的场景竟是如此相似，想必当时的王粲也和此刻的他一样，心中不仅怀着对故乡的眷恋之情，更有对清平治世的渴望。

　　极目远眺，"白日丽飞甍，参差皆可见"，建康城中皇宫和贵族宅第的屋檐明丽辉煌、参差不齐，在傍晚日光的照耀下清晰可见。纵然心知已离开很远，但还是忍不住想要从中寻找自己的旧居。回首之时，望见的不过是氤氲的雾气，心中自然

满是忧愁与怅惘。犹如每一个离乡之人总爱在午夜梦回时，勾勒故土的形状，试图探手抚摸熟悉的墙壁，嗅闻故乡的味道。

不经意间，太阳已经西斜，眼前的景色美得令人沉醉，在谢朓的笔下，化为了"余霞散成绮，澄江静如练。喧鸟覆春洲，杂英满芳甸"。灿烂的晚霞铺满整个天际，宛如一匹散落的锦缎。余晖之下，清澄的大江与天相接，犹如一条纯净的白练。喧闹的归鸟，齐齐停落在江中的小岛之上，各色野花开遍了整个郊野。云霞与江水、群鸟与繁花相映成趣，构成了一幅明澈空灵的水墨画。

然而，美景如斯也未能消减谢朓的思乡情，又岂是几句诗所能道尽的。欣赏之余，他不觉地将注意力集中到了那群归巢的小鸟身上，它们尚且知道归家，但行人不得不离乡背井。回想过去欢愉的日子，脑中不禁闪出半路折回的念头，一想到这一去，还乡之日便遥遥无期，泪珠就像雪霰般洒落。

李商隐曾写下"君问归期未有期"，世间皆是身不由己之人，流浪他乡又怎能知晓何时归去。谢朓不知归期，李白亦是如此，然而，谢朓那清新淡雅、不事雕琢的诗句，深深感动了李白。多年后，在一个万籁俱寂的夜晚，李白登上金陵的西楼，眼前的美景令他震惊。在静谧的夜空之下，他看到了谢朓笔下绝妙的意境。于是，他有感而发，"解道澄江静如练，令人长忆谢玄晖""三山怀谢朓，水澹望长安"。不记得这是第几次想到谢朓了，在江南游历的这段时间里，无论登山临水，还是策马乘舟，李白感觉这一切都是谢朓曾经经历过的，仿佛他就在自己的身边。他同样怀揣着对故土的思恋，将谢朓走过的路，重新走了一遍。或许宣城已然不复当初模样，此地的山水也浅淡了，但他觉

得与谢朓心神相通,体味到了谢朓笔下的真实情意。

  当然,痴迷于谢朓作品的不只有后人,与谢朓同时代的人,也对他的作品推崇备至。同为"竟陵八友",梁武帝萧衍曾直白地说:"不读谢诗三日,觉口臭";沈约则发出"二百年来无此诗"的赞叹。

吏部信才杰,文峰振奇响。
调与金石谐,思逐风云上。

沈约《伤谢朓》(节选)

  第一句指出,尚书吏部郎谢朓确是才杰,在文坛独树一帜,不同凡响。而后,沈约道明了谢朓在文坛独占鳌头的缘由——诗作的音调铿锵,甚至可以与钟磬等乐器之声相媲美,令人愉悦。

  沈约的称赞绝非恭维。谢朓"好诗圆美流转如弹丸"的主张,正是源于沈约毕生追求的诗之声律美,他与"竟陵八友"的其他几人,将沈约的声律之说运用于诗歌创作之中,开创了一种新的诗体——"永明体"。同为"永明体"的代表诗人,沈约对谢朓的评价实为知音之评。

  才华横溢的谢朓用三十六年的短暂生命,创作了无数动人的诗篇。他使绚烂的色彩、绝美的意境、"仕隐"的追求、悦耳的声律巧妙地融为一体,将视觉的画面美与听觉的韵律美合二为一。他的诗注定被铭记,被后世吟诵、品评。

## 醉不成欢，离愁难尽

正值春花竞开的年少之时，范云便跟随父亲范抗辗转来到了郢府（今湖北武汉附近）。不知愁滋味的少年，自然也不懂得那戴月踏雪、舟车颠簸的烦扰。来到郢府，他遇见了年长他十岁、在郢府任记室参军的沈约，二人一见如故，结为好友。

范云与沈约时常月下小酌，吟诗作赋，生活不可谓不惬意。然而沈约接到调职命令，两人的离散也就无法避免。范云知挽留无用，只好铺纸研墨，用自己最拿手的方式表达对沈约的情义。于是，这个八岁便能赋诗属文、"下笔辄成"的天才，写下了一首专为沈约而作的送别诗：

> 桂水澄夜氛，楚山清晓云。
> 秋风两乡怨，秋月千里分。
> 寒枝宁共采，霜猿行独闻。
> 扪萝正意我，折桂方思君。
>
> 范云《送沈记室夜别》

诗的开头道出送别时的环境，深夜静谧幽然，安详恬淡，水中荡漾着的桂花的香气，仿佛澄清了夜气，楚山清幽宁静，淡淡晓云，飘在清澈的天空。时间倏然而过，不知不觉间夜色已然褪去。想必又是一个天朗气清、云淡风轻的好日子，友人将要启程远行。

然而，这不过是开始，此后范云经历的离别越来越多，身为诗人的他以敏感之思，深刻地品味着曾经被自己无视的愁绪。年少时，以为人生很长，后会有期，于是那一场场离别并未在那心湖里掀起多么狂野的波澜。而后年岁渐增，才渐渐知晓人走即茶凉，来日方长之语不过是一种谎言般的慰藉。

步入中年的他，蓦然回首，恍然发觉最清晰最明亮的时光，是少年时和惺惺相惜的朋友在一起的时光，于是他再也无法像第一次送别沈约那般，潇洒地对待分离。永明九年（491年），一个月光明亮的春夜里，他不得不再次面对挚友的离别。那一夜，他和同为"竟陵八友"成员的萧衍、沈约、王融一起，在京城建康（今江苏南京）为即将远行的谢朓举办了一次饯行会。每个人留下一首赠别诗，表达与友人分别时的依依惜别之情，范云也不例外。

> 阳台雾初解，梦渚水裁渌。
> 远山隐且见，平沙断还续。
> 分弦饶苦音，别唱多凄曲。
> 尔拂后车尘，我事东皋粟。
>
> 范云《饯谢文学离夜》

友人还未远行，诗人的心便已追随友人至将去之地，那里

"阳台雾初解，梦渚水裁渌"。谢朓此行是去荆州（今湖北江陵），此地风光旖旎，春日一到便春水绿如蓝。清晨浓雾即将散去之时，他多想跟随友人一起踏上远行的旅程，却也只是心所往之而已。

既然无法同友人一起前往遥远的荆州，便只能将思绪拉回此刻的建康城。范云紧接着用四句五言诗，诉说离别时的忧伤与不舍。在这个明月当空的春夜，远处的山峦若隐若现，就连平日里清晰的道路也变得若断若续，不禁给人以茫然无措之感。他无法预料相聚的时光还剩多少，只觉愁云笼罩了整颗心。

这首《饯谢文学离夜》，如同在愁苦的烈酒中浸泡过一般，不快的情绪渗透到了诗的每个字眼，其中有怀才不遇的郁闷，有年至不惑的落寞，皆因离愁而起。与他少不更事之时所写的送别诗相比，沉重的气息已浓厚了许多。

相聚总是太短，范云这一生似乎总是走在与友人分别的路上，却怎样都学不会不悲伤，不流泪。换作别人，或许在一次次离散中早已麻木，而对情感极为细腻的诗人而言，每一次分别，都会在他们心上划下一道无法愈合的伤疤，增添一份沉重与伤感。

写过不少送别诗的范云明白这一点，他的挚友、同为"竟陵八友"的谢朓当然也明白，所以才有了这首《新亭渚别范零陵云》：

洞庭张乐地，潇湘帝子游。
云去苍梧野，水还江汉流。
停骖我怅望，辍棹子夷犹。
广平听方籍，茂陵将见求。
心事俱已矣，江上徒离忧。

谢朓《新亭渚别范零陵云》

零陵（今湖南零陵县北）乃荆楚之地，在古代被视为蛮夷之乡。范云此次到如此荒远之地赴任，已与贬谪无异，向来仕途不顺的他难免心怀惆怅。身为朋友，谢朓的心境自然也难以平静，但他明白与其提醒范云所到之处是如何悲凉，不如给他一些安慰。

于是，他以关于赴任之地的两个动人传说来作为这首送别诗的开头："洞庭张乐地，潇湘帝子游。"相传，黄帝曾在洞庭演奏《咸池》之乐，帝尧的二女娥皇、女英曾因追随舜南巡不返而死于湘水。接着写道，你像悠悠的白云，飘向那苍梧之野，我像流水，流向那遥远的东方。

分别在即，谢朓之后的六句诗，尽叙对范云的离别之意。我只能在岸边勒住马头，怅然若失地看着你离开。你已泛舟江上，却停下船桨，迟疑不航。此番一别，希望在零陵，你能像晋人郑袤那样政绩显赫，我也能像司马相如一样得到帝王的赏识。然而，那些远大的理想与抱负都已随着滔滔江水逝去了，如今只剩下你我的离别和无穷无尽的忧愁了。

## 后宫佳丽，思君何极

烟波浩渺的长江两岸，宛若两个截然不同的世界。与北岸隋朝的厉兵秣马不同，南岸的陈朝夜夜笙歌。纸醉金迷间，一个清秀的女子格外引人注目：七尺长发黑亮如漆，面色绯红若朝霞，肌肤剔透胜白雪，双眸明澈似秋水，顾盼回转间光彩夺目，照映左右。她，便是饱受后世非议的陈叔宝的贵妃张丽华。

刚满十岁之时，她便远离了靠织席为生的家人，从草舍茅屋踏进了脂粉凝香的后宫。凭着一副乖巧俊美的容貌，成为皇太子陈叔宝的良娣（太子妾）龚贵嫔的贴身侍女。

初入宫中，她仿若一朵摇曳的水仙花，以清丽之姿引得众人瞩目。她身上好似散发着光芒，即便是置身于人群中，也能被人轻易认出。如此美人，又岂能逃过陈叔宝的双眼。陈叔宝一见到张丽华就喜欢上了她。

丽华天资聪颖，琴棋书画、诗词歌舞，寓目即晓，很受陈叔宝的宠爱。陈叔宝即位后，便册封张丽华为贵妃。即便是在临朝之时，陈叔宝也让她坐在他腿上，共决天下大事。更何况张丽华又为其诞下多子，在那个母凭子贵的时代，自是风光无限。

世人常说"红颜祸水"，将一个江山的灭亡，归因于一个美貌的女子。殊不知，女子在世间除却谋生，便是"谋"爱，天子之爱，来时总是汹涌如海。陈宝叔沉浸在张丽华的绝色姿容里，无法自拔，不顾大臣反对，便在临光殿前面，用比黄金还要珍贵的沉香、檀木建起宛若仙境一般的"临春""结绮""望仙"三

阁。据《陈书》中记载，三阁皆高数十丈，袤延数十间，窗牖墙壁栏槛，皆以檀木为材，饰以金玉珠翠。陈叔宝自居临春阁，宠妃张丽华居结绮阁，龚贵嫔和孔贵嫔则居望仙阁，且三阁凌空衔接，陈叔宝往来其间。

醉眼迷离间，陈叔宝写下了一首著名的"亡国之音"。

丽宇芳林对高阁，新妆艳质本倾城。
映户凝娇乍不进，出帷含态笑相迎。
妖姬脸似花含露，玉树流光照后庭。

陈叔宝《玉树后庭花》

陈后主时常召集宾客与贵妃一起饮酒、游乐，席间命有才学且貌美的宫女与宾客作诗，而后选取最为艳丽的诗作，配上曲调，命宫女学唱。《南史》云："后主每引宾客对贵妃等游宴，则使诸贵人及女学士与狎客共赋新诗，互相赠答，采其尤艳丽者为曲词……其曲有《玉树后庭花》《临春乐》等。"

《玉树后庭花》是典型的宫体诗，主旨是赞美妃嫔们的容貌姿色。陈后主不问政事，喜爱艳词。有大臣上书劝谏，不仅得不到肯定，反遭训斥。久而久之，渐渐无人敢进言，朝政日渐荒废。

因陈宝叔对张丽华宠爱至极，一时间竟出现了"江东小朝廷，不知有陈叔宝，但知有张丽华"的情景。张丽华的地位非一般后宫女子所能企及，而像她这样长期受到皇帝宠爱的妃子，更是凤毛麟角。绝大多数的佳丽，从步入深宫的那一刻开始，便注定了其悲惨的人生：要么如王昭君般长久地被人遗忘于深宫之中，要么如班婕妤般忍受被冷落的幽凄。苦闷深入她们每个人的骨髓，成为她们人生唯一的注解。历朝历代总少不了后宫女子这个特殊的群体。

这些女子或是民间进献的美人，或是豪门贵族之女。她们当中有些人带着食饱衣暖、供养家庭的想法入宫，有些人则带着希望出人头地、独获圣上荣宠的想法入宫。无论出于何种目的，自她们踏入规则重重的宫门时起，便走进了另一个世界。

秦始皇的阿房宫中，美女如云，六国的佳丽皆汇聚于此，她们每日费心地装扮，只为一睹龙颜，得到宠幸，然而，很多时候她们只能听到远处辘辘的车轮声，甚至有些美人终其一生都未曾见过皇帝的身影。

汉武帝的长门宫中，那个曾经深得帝王宠爱，并专门"作金屋贮之"的陈阿娇，在享受了一段富贵与恩宠并具的生活之后，终究被打入了冷宫，不得不在幽冷凄清的长门宫中度过余生，哀怨嗟伤之情在所难免，一如柳恽笔下的《长门怨》。

> 玉壶夜愔愔，应门重且深。
> 秋风动桂树，流月摇轻阴。
> 绮檐清露滴，网户思虫吟。
> 叹息下兰阁，含愁奏雅琴。
> 何由鸣晓佩，复得抱宵衾。
> 无复金屋念，岂照长门心。
>
> ——柳恽《长门怨》

曾经被宠幸的陈阿娇后被黜入长门宫的故事，世人皆知。

柳恽借这个话题，写出了深宫之中女子的悲哀。皇宫内院，门户深重，夜深人静之时，只有宫中的漏壶发出滴滴的水声。秋风送爽，桂枝摇曳，清冷的月光透过枝叶，斑斑点点地洒落在地上。绮丽的华檐之上清露滴滴，秀美的窗楹之外秋虫长吟。秋夜沉寂的长门宫中，处处凄凉处处幽静。难以入眠的阿娇，愁闷不得消减，唯有奏琴以自慰。手扶琴弦，心神早已飞驰，不知何时才能重得天子宠爱。转念一想，金屋专宠已是旧梦，如今被废黜之人又怎么可能得到君王的关心。身为皇后的陈阿娇尚且如此，何况那些无名无姓的妃嫔，她们只能默默地吞下被遗弃的苦果，反复咀嚼满腔的哀愁。

夕殿下珠帘，流萤飞复息。

长夜缝罗衣，思君此何极。

谢朓《玉阶怨》

暮色将近，在这一天中最令人惆怅的时刻，"夕殿下珠帘，流萤飞复息"，殿门的珠帘已悄然放下，满怀期望的女子隔帘久立，见那点点闪烁的流萤在串串晶莹的珠帘外飞舞，直至夜深才停息。

夜有多长，愁思就有多长。女子心下思量，如何打发这寂寂长夜，无奈之中便又拿出尚未缝好的衣裳，借着这微弱的灯光，穿针引线，将破灭的希望、对年华逝去的惆怅和痴痴的幻想，一针一线都缝进这罗衣中。即便如此，她对君王的思念却永无止境，真可谓是"长夜缝罗衣，思君此何极"。

对于身居后宫的女子而言，每个心怀希冀的夜，都是失眠之夜。她们或者期待能见君王一面，又或者在被冷落之后，期盼君王回心转意。无数个长夜，她们都做着同一个思君的幻梦，结果却只能在痛苦无望的期待中度过一生。无论是受宠的张丽华、被打入长门宫的陈阿娇，还是众多未留下姓名的宫廷女子，她们像一朵朵艳丽的鲜花，尽情地绽放后便是无尽的等待。

卷四　出尘入世任逍遥

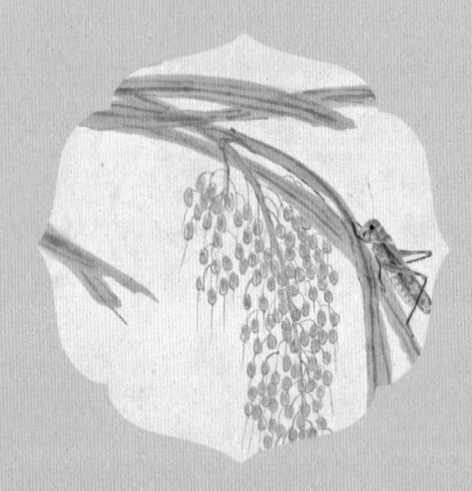

赋到沧桑句便工,乱世江山,满目疮痍,却使文人们有了描摹人生的深刻命题。一场「八王之乱」,再来「永嘉之乱」,北方士族无奈南迁,饱经颠沛流离,半点欢喜半点愁,铺尽来时辗转路。

## 身似出尘，心仍恋世

《晋书·郭璞传》记载了一段奇闻：郭璞南渡途经庐江时，爱上了庐江太守胡孟康家的婢女。因难以启齿，郭璞便暗地作法，夜里在胡宅周围撒了一圈赤小豆。第二天早晨，胡孟康的仆人发现数千个红衣人包围了宅子，连忙走近询问，红衣人却消失了。接连几天都是这样，胡孟康觉得心惊肉跳，他知道郭璞会法术，便请他过来，问他如何是好。

郭璞一听，正中下怀，对胡孟康说："这是你家的婢女招来的，不如将她送到东南二十里外卖了。卖时不要还价，如此你家中的妖孽便可除掉。"胡孟康依言照做，而郭璞安排仆人去东南二十里外接应，以低廉的价格把婢女买了下来。在这个奇闻中，郭璞似乎有为达目的不择手段之嫌，然而亦可看出他超然物外，不以俗世束缚自己的一面。

关于郭璞，民间有很多玄奇的说法，这个生于两晋交替时的人，不但好古文、精天文，更重要的是，还精通历法算学，擅长预卜先知和奇异的方术。

西晋末年，北方一带的门阀家族和士人群体作鸟兽散，纷纷逃往南方躲避，郭璞也是避难大军里的一员。虽然处于离患之中，可他仍写下大量诗文，借游仙以咏怀。他在品游山水的同时，亦寻访解脱之道。

一次他来到道家的圣地青溪山，此地隐士辈出，郭璞不由自主地想到曾隐居在这里的鬼谷子、许由和灵妃三人，或许睹物思人，他竟然了悟仙道，然而怅然若失不得其法。

青溪千余仞,中有一道士。云生梁栋间,风出窗户里。借问此何谁,云是鬼谷子。翘迹企颍阳,临河思洗耳。阊阖西南来,潜波涣鳞起。灵妃顾我笑,粲然启玉齿。蹇修时不存,要之将谁使?

郭璞《游仙诗》十九首(其二)

壁立千仞的青溪山,云雾幽游,隐约可见楼阁梁栋。走入楼阁之间,山风穿窗呼啸而过,郭璞询问了路人,知晓此处便是鬼

谷子的居所。他举目眺望，看到远处是颍水之滨，那里曾留下了唐尧时期的隐士许由的足迹。尧帝曾经要将自己的帝位禅让给许由，后者拒不接受，甚至以颍水洗耳，表示再不愿听到关于功名的"垢事"。

随后他来到青溪泉口，看着汩汩的清泉荡起鱼鳞微波，仿佛看到洛神灵妃踏水而来，明眸皓齿，顾盼生辉。又一转眼，仙子已经不知去向，失落涌上心头，原来一切都是自己的想象而已。他情愿像鬼谷子与许由那般隐遁修仙，可是，"蹇修时不存，要之将谁使？"于此处，郭璞道明了无法摆脱尘俗之由：他不知道该去哪里寻找修仙和隐遁的路。

对于大多数经历两晋更替时代的人而言，厌弃仕途和富贵生活，想要去隐居避世实乃情有可原。历经安史之乱的盛唐诗人李白也有同样的落寞，他在梦中与仙同游，山水间听闻仙子乐音，却依旧牵挂着庙堂之事，心系着天下黎民。

郭璞喜好老庄之道，期望自己可以达到逍遥游的境界，可是他对仕途仍存在眷恋，并且有济世宏图。所以，完全脱离社会并非他的真实愿望。似乎文人总是夹在仕途之道和仙游之路的罅隙中，视功名为正途，然而仍有少许人深深沉迷于道学和玄仙之说里，孙绰、支遁等道学、玄学研究者莫不如此。老庄的道学在两晋时期甚是流行，当时权力倾轧，政局极不稳定，文人无法从儒家学说中寻得道路，便转而求助老庄，希望能在这混沌黑暗的时代中得到解脱。故而，许多贤能的学者都以道的"无为""自然"为主题，创作以道学思想为核心的诗文。

郭璞是游仙诗的领军人，而在玄言诗方面，孙绰是佼佼者。玄言诗比游仙诗更偏向哲理化，高深莫测，有些"只在此山中，云深不知处"的奇妙意境。这种奇妙的境界似乎与佛偈相似，如同雾里看花，水中望月。在东晋初期，以文采扬名的孙绰被誉为玄言诗的名家。当时的玄言诗，其特点是玄理入诗，严重脱离社会生活。然而当他在秋风萧瑟的寒景里消磨时光时，真情终于流露出来。这首《秋日诗》正是孙绰最精彩的玄言诗之一。

> 萧瑟仲秋月，飂戾风云高。山居感时变，远客兴长谣。疏林积凉风，虚岫结凝霄。湛露洒庭林，密叶辞荣条。抚菌悲先落，攀松羡后凋。垂纶在林野，交情远市朝。淡然古怀心，濠上岂伊遥。
>
> 孙绰《秋日诗》

仲秋时节，天气转凉，凉风萧瑟，天朗云高，百物凋残。倘若身在山中，四时的变化定会察知一二。然而住在山外远观山色的游子，难免会在秋风乍起之时，生发感慨，牵惹思念，放声长歌，以解心中的思愁。孙绰伫立在这般肃杀的深秋中，任思念随风飘远，任淡然而生的愁绪蔓延。

孙绰行走在山中小路上，稀疏的林间是穿行而过的冷风，山头凝聚的是一片片浓云；露水浓重，洒在树上，繁密的树叶从茂盛的枝头落下。手抚林中的野菌，为它生命的短暂而悲伤，攀摘苍松的枝叶，对它不惧秋气寒冷而感到艳羡。秋天是个寂寥的时节，孙绰为它欢喜为它忧愁，可他依然爱在此时出游，去林边野外垂钓，因为可以远离繁闹的集市，远离始终存在不安定因素的官场。只要能保持古人淡然无欲的心胸，那么离无为自适的境界也就不远了。

孙绰以"濠上"的典故为自己的诗收尾。相传，庄子与惠施曾经到濠上（今安徽凤阳）游历，看到一条鲦鱼自在地在水中游动，于是引发了鱼是否快乐的辩论。后世用"濠上"指代逍遥闲游的地方，把崇尚老庄称为"濠上之风"。

在那寒蝉作响的秋日里，孙绰好似冷眼观秋，又似融入其中，一边悲伤，却也一边欢喜。孙绰悲秋，因为秋天万物凋谢；而他喜秋，是因为秋天可以帮他净化心中的污垢。在他看来，秋天是生命的终结，枯黄的树叶，潦倒的枯草，一切寂灭，散发着死气；然而另一方面，碧绿已久的苍松，又似乎让他怡然自得。秋风卷走落叶，也卷走他心中的烦愁。《秋日诗》虽仍充满皈依道途的含义，但因充盈着让人欢愉又让人忧伤的秋景，一瞬间便从高处的飘逸与朦胧落进了人间，变得切合现实。它不像一般的玄言诗那般枯燥呆板，而是寄情于山水，显得端丽而空灵。此刻，孙绰几乎接近了阮籍"咏怀"的境界，可惜的是，他仍停留在奢求仙道的阶段，没有像阮籍一样"醒来"。

偏安江左的东晋，清谈之风盛行，写游仙诗也好，写玄言诗也罢，逃避现实而寻求精神解脱的文人们为了彰显自己思想的特色，挥舞着浓墨，绞尽脑汁地创作，与此同时也暴露了自己的缺陷，在看似逍遥自得的情怀外，有着不能压抑的恋世情结。

## 闲适悠然，悲喜皆忘

魏晋年间，东晋与前秦的淝水一役，捧红了谢氏一门，令谢氏在晋王朝的土壤里埋入了深根，谢安也在谈笑间为自己画上了最完美的一笔。

运筹帷幄之中，决胜千里之外。这是谢安给天下人最难以忘怀的印象。在战事吃紧的时刻，他仍能于山间别墅与友人下棋饮茶，谈笑自如。这让人想起城楼之上，燃香净手淡定弹琴的诸葛亮，更让人想起刮骨疗伤安之若素的关羽。一个人偶尔淡定一次不足为奇，而谢安的一生都在淡定中度过，举手投足间皆是一派闲适悠然，永远不温不火。

政权更替时，文人名士们追随司马氏避往江左，仓乱逃亡，经历了不短的动荡漂泊的日子后，终于渐渐安定下来。年轻一辈的才子借此机会纷纷现世，渐渐形成了几个由仁人志士组成的团体，其中绍兴文人名士辈出，孙绰、王羲之、支遁都在其列，青年谢安也是其中的核心成员。在密友的眼中，年纪轻轻的谢安已经是个极其潇洒镇定的人。

相与欣佳节，率尔同褰裳。
薄云罗阳景，微风翼轻航。
醇醑陶丹府，兀若游羲唐。
万殊混一理，安复觉彭殇。

谢安《兰亭诗》二首（其二）

文人团体里年轻气盛的孙绰和王羲之等人皆喜好组织众人到处游玩，他们经常聚在一起饮酒赋诗，会稽山的兰亭就是最常去的一个地方，在此处他们曾留下诸多传世诗文。谢安的诗流传下来的仅有数首，在兰亭所创作的《兰亭诗》就有两首，上面这首便是其中之一。

年纪不大的谢安似乎已经修炼出一颗不以物喜不以己悲的心。诗中自是不难看出，谢安的心情欢畅至极，他仰望薄云美景，感受清风徐来，唇齿间留有酒香，思绪飘飘若仙。此时此刻，天下万物虽有不同，但都遵循着自然之理，故而早亡之人与长寿的彭祖之间有何区别呢？

生和死，在谢安心中并无明显的区别。世人因知晓生命的规律而惧怕死亡，可当把生死之事全然忘却之时，所剩的自然是淡然自处与目空一切。诗中的谢安已然完全忽略了生死的含义，作为受玄学洗礼的超然者，他早已领悟了老子所说的万物与一物的关系，自然不惧怕生与死的苦痛。身处尘世之中，谁人不眷恋红尘，而年纪尚轻的谢安，却早已在旁人沉溺酒乐之时，参悟了别人悟不透的玄机。

也许在别人看来，谢安的《兰亭诗》中所言有夸大之嫌，是他一逞口舌之快，孙绰却认为谢安就是这样一个狂妄的人。一

次,他约谢安去海上泛舟,不料突然起了风浪,一时间波涛汹涌,船被巨浪卷向空中。同伴们皆大惊失色,欲马上返回,只有谢安站在原地,手扶栏杆,吟啸诗文,若无其事,好似游兴正浓,以至于忘乎所以。

船夫见他相貌安闲,神色愉悦,便继续向远方划去。但风浪越来越猛烈,舟舸在海浪里颠簸不止,处境愈来愈危险。众人惊恐大叫,纷纷起身走动,被打扰了雅兴的谢安眉头一皱,淡然而言:"如此,将无归?"孙绰等人听闻此语,只得安静下来,提心吊胆地坐下来稳住船身,船夫最终将船划回了岸边。

与泛舟时存亡在即却临危不惧的情况相比,淝水之战时谢安能从容应对显得再正常不过。但是黄仁宇先生曾趣说,谢安也并非是一个"完全没情绪"的人。前秦苻坚淝水大败后,东晋大胜的捷报送到谢安手中,谢安看完之后面不改色地继续下棋。等下完棋之后拿着文书走进内室，才发现脚上的木屐被他踩断了。原来他太过兴奋，迈过门槛时不小心绊断了鞋底，当时并没在意，进屋之后方才意识到。

受老庄影响的魏晋士人，大多因郁郁不得志而寻求问道一途。谢安则恰恰相反，他将自己放逐在官场里，来去如鲲鹏，自由高飞。宫廷官场中的血雨腥风是普通人难以想象的，除了钩心斗角，还有诽谤、阴谋、陷害、暗杀，防不胜防。谢安时刻都在面对这些，却总是微微一笑，完全是一副高枕无忧的模样。

东晋开国功臣王导去世后，琅琊王氏势力转弱，桓温专擅朝政，当时谢安刚刚出仕不久。桓温一心想要篡权夺位，迫使简文帝让位于他。简文帝在谢安和抚军王坦之力劝下改写遗诏，立司马曜为皇太子。拥兵于姑孰（今安徽当涂）的桓温闻讯，盛怒之下带兵回师，欲问罪谢、王二人。谢安本是桓温的老部

下,桓温对他相当器重,没想到曾经最信任的人却要阻碍自己的帝王之路。听闻桓军东进,王坦之早已经腿软,谢安却面不改色,安闲静定,示意他少安毋躁。

桓温入京都宫殿时,文武百官于官道两侧纷纷跪拜,谢安却突然走到大殿的台阶前坐下,拦住桓温的去路。先若无其事地吟了一首《洛生咏》,该咏是当时在洛阳流行的咏叹歌谣。过了半晌,他才对桓温说:"听说过去厉害的诸侯都把守卫的将士放到边境抵御贼寇,明公您进宫会见朝臣时,怎么还把守卫兵马布置在城墙外呢?"此言明目张胆地批评桓温有夺位的举动,桓温的气势瞬间便被削弱。桓温干笑一声,撤走侍卫。此后,桓温接连几日设宴摆酒,招待谢安,与其叙旧。

桓温自然不会这么轻易被谢安打败,他几次暗示朝廷授他"九锡"之位。"九锡"即是最接近皇位的一个爵位,桓温想当皇帝的心意路人皆知。况且当时他正患重病,欲要品尝坐拥天下的滋味,时日稍晚唯恐来不及。朝廷众臣碍于桓温的势力,无法推脱,只得拟好一份诏令,准备上奏天子。谢安看完之后大叫"写得不好",拿过诏令,声称自己要修改措辞。他每天改来改去,直到桓温去世,也未能将此诏令呈给帝王。

桓温去世后,谢安便坐上了宰相之位,他对桓氏家族非但没有打击,反而予以重用。他以宽广的胸怀,聚拢了大批能人志士。即便如此,熟谙进退之理的谢安一直审慎地对待自己手中的权力,从不曾出现任何逾矩的举动。淝水之战后,达到顶峰的谢氏一门亦受谢安嘱咐,不敢做出任何贪墨之事。然而即便聪明如谢安,晚年时也未能幸免于谗言。

他可以约束自己不去制造谗言,却躲不过别人的恶意诽谤。一旦陷入旋涡之中，强大如谢安，也无法做到真正的洒脱。他如困兽一般，在暮年之时慌忙逃离京城，草草辞官归故里，躲避流言蜚语，无奈又身染重病。

再次回到京城养病时，坐在车里的谢安突然想起了桓温——那个亦友亦敌的老朋友。一时间两人交好时的情景，如黎明时的曙光一般，越来越清晰。与之同时涌上心头的，还有那份被深深掩埋的愧疚，为了大义，他究竟是对老友有不当之处。当年桓温归京问罪不成后，二人时常叙旧。看到桓温两鬓斑白，谢安一时感慨，问道："明公身体无恙？"桓温摇头叹道，生活如同死水般，一切如故。当桓温问起谢安近况时，谢安如实说他总是忆起两人的旧事。他们两位，一人征战在外，一人报效于内，彼此只得各自珍重，各安天命。

生命如逝水，不知不觉中便流淌至尽头，谢安想到此前种种，不由得笑了。命运对他足够慷慨，人生至此，或许可以画上句号了。至于他这一生是潇洒多过悲伤，还是忧虑多过淡然，已不必去计较，毕竟回望生命历程时，他从未觉得遗憾。

不久之后，谢公平静地辞世了。老天对他不薄，他潇洒地于人世走一遭，能得到的全得到了，但他的心并没有被那些可以一手掌控的东西占有，这也是他一生永不被俗世羁绊的原因。与那些不能退、不能进、又不能自我说服的人相比，世人方才知晓，原来一个人的心可以如此宽阔，一个人可以站得如此之高。

## 俯仰一世，游目骋怀

永和九年，岁在癸丑，暮春之初，会于会稽山阴之兰亭，修禊事也。群贤毕至，少长咸集。此地有崇山峻岭，茂林修竹；又有清流激湍，映带左右，引以为流觞曲水，列坐其次。虽无丝竹管弦之盛，一觞一咏，亦足以畅叙幽情。

是日也，天朗气清，惠风和畅，仰观宇宙之大，俯察品类之盛，所以游目骋怀，足以极视听之娱，信可乐也。

夫人之相与，俯仰一世，或取诸怀抱，悟言一室之内；或因寄所托，放浪形骸之外。虽趣舍万殊，静躁不同，当其欣于所遇，暂得于己，快然自足，不知老之将至。及其所之既倦，情随事迁，感慨系之矣。向之所欣，俯仰之间，已为陈迹，犹不能不以之兴怀，况修短随化，终期于尽。古人云："死生亦大矣"，岂不痛哉！

每览昔人兴感之由，若合一契，未尝不临文嗟悼，不能喻之于怀。固知"一死生"为虚诞，"齐彭殇"为妄作，后之视今，亦犹今之视昔，悲夫！故列叙时人，录其所述，虽世殊事异，所以兴怀，其致一也。后之览者，亦将有感于斯文。

王羲之《兰亭集序》

兰亭集聚了很多文人的回忆，王羲之写下了上面这篇序记载当时聚会的情景。晋穆帝永和九年（公元353年）三月三日，时任会稽内史的王羲之与一干好友到会稽山的兰亭，行修禊之礼，饮酒赋诗。一行四十余人，其中包括当时极负盛名的孙绰和谢安等人。有人建议将当日众人所作的三十七首诗，汇编成集，并推举王羲之作序，王羲之即兴挥毫，记录流觞曲水一事，抒写由此而引发的内心感慨，便有了这篇《兰亭集序》。

兰亭之地群山掩映、清流映带，颇有曲水的雅致景象，好似山水画一样，无色中更有意蕴，简单中更有旨趣，且带着几分空灵清雅之美。王羲之命随行的仆人将他的鹅放到池塘里，一边逗弄着鹅，一边招呼众人落座。不知何人提议，让一人来到曲水上游，将精致的酒盏搁在荷叶上放入水中。带着酒盏的荷叶顺水而下，围着兰亭打转，在谁那里停留，谁就要将酒杯拿起来赋诗一首，如若对不上来便要将杯中酒一饮而尽。如此一来，众人既能饮到美酒，又能赋诗，趣味绝妙。

彼时天朗气清，风和日丽，群贤在崇山峻岭、茂林修竹的陪伴下，流觞赋诗。在这番良辰美景中，抒发幽雅之情怀，"游目骋怀"，即便耳边没有天籁之音，能够和在座之人一起畅所欲言，举杯高歌，已是人生乐事。

王羲之拊掌大笑，体会着微醺的滋味，不禁在喧闹中生出了对生命意义的感叹。和宇宙天地相比，世人如同沧海一粟、空中微尘，渺小至极。然而，这般短暂的生命，亦有存在的意义。于世间走一遭，不负自己不负天命，即是最好的交代。

人与人交往，有的人喜欢清谈，有的人则喜欢寄情于山水之间。然而不管是哪一种，当遇到自己喜欢的事物时，都是短时间内感到"快然自足"，浑然不知"老之将至"；而在倦怠之时，因事物变化而心境发生变化时，感慨便会油然而生，以往令自己欢欣的事物已经不再具备鼓舞人心的功效，它们已经化为历史的陈迹，而自己这时才如同从梦境中蓦然醒来一般，发现生命已经快到尽头。

莫名的悲怆袭上王羲之的心头,想到每次看到前人的文章大谈生死,总不免要唏嘘一番,弄不明白个中道理。之前他认为古人把生死混为一谈,把长寿和夭折等量,根本是荒谬的论断。正因人生有期,世事无常,故而古往今来文人雅士都在感叹、悲伤,如若生死真的一样,那又何必如此悲伤?后人看今人就如今人看古人一般,总会有相似的情怀,想必今人的诗作也会在后人心中引起共鸣吧。沉浸在想象中的王羲之频频举杯,喝下这醉人的佳酿。在醺醺然不知今夕是何夕时,叫仆人拿来笔墨,在蚕茧纸上"唰唰"落笔,行云流水地奉上一篇佳序。众人看罢拍手叫好,尽兴而归。王羲之却在清醒后看着适才所写的《兰亭集序》哑然失笑:酒醉后的自己竟然如此悲观。他一直认为自己是无畏生死之人,坦荡而自信,酒醉之后的那个王羲之或许才是真正的自己。

在玄学盛行的时代,王羲之也有自己的信仰,他对道教的天师宗情有独钟。但他从不认为生活即是将一切看淡,人世亦不该被遗忘。在《兰亭集序》里,他虽然心怀山水乐趣,表现出了对老庄的热爱,但他还是深深眷恋着红尘,否则也不会对"生"与"死"如此看重。

《世说新语》里记载了王、谢二人一段有趣的对话。由于是大将军王导的宗亲,王羲之顺利得到右军将军的职位,兼任会稽内史;谢安当时已被封为太傅,在朝堂上两个人算是一武一文的同僚,平时私交甚好。一次,二人携手登冶城,谢安悠然远眺,凝神遐思,似有超脱尘世之逸趣。王羲之在一旁道:"夏禹勤王,手足胼胝;文王旰食,日不暇给。今四郊多垒,宜人人自效。而虚谈废务,浮文妨要,恐非当今所宜。"言下之意是讽刺谢安及好玄学之人不务实际。谢安听后,回答说:"秦用商鞅,二世而亡,岂清言致患邪?"

王羲之和谢安都没有说错。从谢安一生的所作所为即能看出,他与王羲之想法颇为相同。玄学和老庄可以成为士人的精神食粮,却不可以让它完全左右了人的生活和事业。在《兰亭集序》里,王羲之把聚会的乐事、每个人的神情和思想的波动都写了下来,以此来引发人们的思考,同时也把人存在的意义传达给了后人。

## 采菊东篱，高情千载

陶渊明的好友颜延之经常会到他的小庐造访，左手提着一壶好酒，右手托着食盒，隔着篱门冲陶氏棚屋高声呼唤，那情景又好笑，又动人。

陶渊明对他的到来自然喜不自胜，两人边饮酒边闲聊，叙旧畅谈，时而哈哈大笑，时而不胜唏嘘。颜延之感到酒意醺然时，陶渊明已靠在松树下一块青石上，双目迷离，酝酿好了一首诗。

> 故人赏我趣，挈壶相与至。
> 班荆坐松下，数斟已复醉。
> 父老杂乱言，觞酌失行次。
> 不觉知有我，安知物为贵。
> 悠悠迷所留，酒中有深味。
> ——陶渊明《饮酒》二十首（其十四）

颜延之的到访令陶渊明在欣喜之余，越发感到田园生活的乐趣所在。昔日的官场纷纷攘攘，让他心烦意乱。飘逸如他，潇洒地从浑浊的尘世全身而退。辞官之初，纵然田园中的鸡鸣犬吠让他感到自己躺入了宁静自然的臂弯中，他的心情并非毫无起伏，也有过不满和怨愤，最终归于平静。

因曾祖父陶侃的缘故，陶氏一门得以在晋室占得一席之

地，不过久经年月，沦为没落仕宦在所难免，更何况陶氏本就不是门阀家族。因为家庭衰微，他在外祖父孟嘉的教育下，既喜儒家经典，对玄学和神仙道化也充满兴趣，变得与外祖父一样，"行不苟合，言无夸矜，未尝有喜愠之容。好酣酒，逾多不乱。至于任怀得意，融然远寄，傍若无人"（《晋故征西大将军长史孟府君传》）。

每每思及外祖父，陶渊明总是会心一笑，这位长者是他的启蒙老师，亦引领他踏上与"一心只读圣贤书"截然不同的道路。如若没有外祖父，陶渊明也不会心怀四海，有大济苍生的愿望，更不会在志向受阻之后，坦言"少无适俗韵，性本爱丘山"。

魏晋南北朝时期时局动荡，战乱频繁。晋末安帝在位后期，陶渊明做官不久便因无法忍受门阀的压榨毅然辞官。桓玄取安帝而代之，建立桓楚政权前，陶渊明曾投靠过桓氏，但又因不能忍受桓氏的嚣张跋扈而再次辞官。待到刘裕杀桓玄建立宋室时，陶渊明好似见到曙光，遂投靠了他。刘裕排除异己，这般过激行为又惹陶渊明不快。至此陶渊明彻底失望，再不愿出仕做官，便带着妻子到浔阳郊外彻底隐居起来。

结庐在人境，而无车马喧。
问君何能尔，心远地自偏。
采菊东篱下，悠然见南山。
山气日夕佳，飞鸟相与还。
此中有真意，欲辨已忘言。

陶渊明《饮酒》二十首（其五）

入仕为官是每个士大夫发愤图强的初衷，陶渊明亦是如此。他带着济世苍生的愿望踏上仕途，却为社会的现实所不容。刚直坦率的性情，不允许他为五斗米折腰，他唯有回到田园中，过饮酒作诗、操琴采菊、植柳锄草的生活，守护心灵那片最初的清明与澄净。

在无所拘束的隐居之地，近处是清幽的爱菊，远处是杳杳的南山，头顶滑过的是逍遥的飞鸟，心中存的是自在的归意。在山野里找到的乐趣，只能心领神会，无法用语言表述。当他的人生在矢志不移与随波逐流之间发生

激烈碰撞时，他心中的天平自然而然便倾向了淡泊与自持。于是，他在喧嚣的世界中，卓然转身，退到安静却并不死寂的山间村落中。这首《饮酒》诗里的一字一句，归趣十足。不过这未尝不是一个人再三尝试后失败的无奈之举。

　　陶渊明从不否认他曾误入"迷途"，被混浊的官场所羁绊。幸然他及时转身，才不至于沉溺在泥潭无法自拔。他的坦荡，恐怕让诸多文人都自愧不如。身心在远处，于自然中寻找生命的哲理，令陶渊明怡然自得。在此地，他安然处于自然的庇护中，安静少言，不慕名利。自然也在他的双眼中幻出别样的神采。因宅边植有五棵柳树，他便自称为"五柳先生"。不仅如此，他还将自己的名字改为"潜"，意为"隐"。

　　古时文人墨客多爱饮酒，他亦不例外。家中贫穷，无多余钱财买酒，每逢亲友摆设酒宴时，他便醉心而往。在宴席之上，不以去留为意，定要喝到酩酊大醉方肯罢休。不矫情，不做作，任性而旷达，颇有魏晋名士的真性情。

　　因并非以隐矫名、以谈炫荣的假隐士，亦不是寻求捷径的贪利之徒，他自有安贫乐道的心性。家徒四壁，他不曾为此苦恼；衣裳破旧，他不曾为之惆怅；饮食不继，他也不会因此悲伤。不期待也不失望，不追求也不悲伤，隐居之后，只觉身与心同步，安然而自在。在游目骋怀之际，他早已参透了生命的真谛。简陋的生活非但没有令陶渊明形容枯槁、忧郁成疾，反而给了他一副得过且过、乐陶陶的模样。凡是来探望过他的友人，皆为之叹服。颜延之曾为公事来到浔阳，知道陶渊明生活特别困窘，便带着酒肉来看他，两人度过了一段非常愉快的时光。

然而，对于友人的接济，陶渊明也是有选择的。一些道不同不相为谋之人来劝他回归朝廷，还带来钱财和美食，他拒绝了。高洁如他，怎会为五斗米折腰。生活赤贫，心境却高远，几乎是他的写照。如若他抛弃心中衡量是非的标尺，抛弃文人的尊严，投身于庙堂之中，生活必然丰盈而美满。但这于他而言，便失去了生命的意义。

安于陋室，并非陶渊明不得已而为之的举动，他大可以求得一官半职来养家糊口。但这必然会与他的心意相违背。于是他遵从内心的指示，"不戚戚于贫贱，不汲汲于富贵"，索性在芳草鲜美的田园中一醉方休。

这样纯真自然、清醒又迷糊的陶渊明，深受季羡林先生的喜爱。季羡林还把陶渊明《形影神赠答诗》里的两句作为自己晚年的座右铭："纵浪大化中，不喜亦不惧。应尽便须尽，无复独多虑。"意思是，人生在天地间，不要天天为自己的事忧心忡忡。应尽的责任，要尽职尽责，不要计较自己可以得到多少回报。

陶公的一生都在遵循着这一信念。他可以为国家社稷泣血修心，亦可以毫无眷恋地与山水融为一体，两种滋味都经年累月地尝过，人生已经没有任何遗憾，唯求逐清风归去，偶闻几缕酒香，与大自然同在。此种平淡，如山泉沁酒，令后世甘之如饴。

## 凡心洗尽，拈花微笑

东晋的庐山是佛教圣地，因慧远大师而闻名。慧远是极好云游之人，带着一颗纤尘不染的佛心到处游历，时而普度众生，时而观望微笑。一日，他来到庐山脚下，远望山间袅袅紫烟，如同神仙之庐，心中一动，拈花微笑，于是在此定居，弘法布道。晋江州刺史桓伊偶然听到了慧远的禅唱和佛喻，甚为欢喜，为他出资，帮助他兴建了一座寺庙，即东林寺。

慧远钟情于庐山，许是缘于此处的紫气。他认为此处与神仙界应该有千丝万缕的联系，否则不会出现神圣的奇景。佛祖或许无欲，作为修炼的人却不可避免地要对修炼境地有所追求，慧远的凡心便遗落在了庐山之中。

崇岩吐清气，幽岫栖神迹。希声奏群籁，响出山溜滴。有客独冥游，径然忘所适。挥手抚云门，灵关安足辟。流心叩玄扃，感至理弗隔。孰是腾九霄，不奋冲天翮。妙同趣自均，一悟超三益。

慧远《庐山东林杂诗》

诗中首句所提及的庐山"崇岩吐清气"的情景，后世的李白也写过，"日照香炉生紫烟"，崇岩，当指香炉峰。香炉峰下有瀑布，水汽蒸腾，混入云气，在日光的浸透下，远远望去，高峰上盘旋缭绕的便是紫色的云烟，如同仙人的衣带，引人遐思。

慧远深入山中，独行于小径，密林探幽，神思意远，脱离尘嚣，寻找不期而然的解脱和超悟。哪里才是九霄云外呢？偶触云门闸开，高山流水，看遗落凡尘的仙山，灵关顿开，神智翻腾而上，冲天幽游，翱翔宇内，心灵自足，终于明白道在何处。

道究竟在哪里，只可意会不可言传。凡心遗落不要紧，最关键的是精神境界的提高。一代高僧慧远触景而作诗，其中的玄机很难猜测。但他对庐山的贡献很大，他在此处布道，使庐山名扬天下，成为佛教教徒集结的一个枢纽。不过究竟是庐山的盛景沾惹了仙气，引得人悟道参禅，还是佛法精深的高僧以玄妙之言歌咏盛景，后人不得而知。只知晓沾染凡尘已久的慧远，或许已然遁入红尘。

佛教自汉朝进入中土以来，久历变迁，几起几落，两晋南北朝是其发展期，时代动荡使其并不太受人重视。晋亡后，宋文帝颇喜佛教，一些儒生受这种风气影响，对佛法也开始感兴趣，并且进行了深入的研究。故而慧远到庐山定居，能得到桓伊的帮助并不稀奇。此时僧人在民间亦很受尊敬，老百姓对佛家生动活泼的比喻也甚为喜爱。宋文帝时期的慧琳和尚既精通佛法，又善儒、道学说，他试图从佛法和儒学之中寻求共同点和可融合之处，甚至出言讥讽了佛家因果轮回的"来生说"，深得帝王之心。他的这些举动，却引起诸多信奉佛教的儒生的不满。慧琳和尚曾经的好友颜延之便对其持反对意见。

颜延之虽是儒生但深信佛法，与慧琳同出入于庐陵王门下，交情笃深。元嘉十二年（公元435年），颜延之与何承天在形神生死的问题上意见相左。何承天认为"有生必有死，形毙神散，犹春荣秋落"，即生死是自然循环。颜延之则认为人有轮回和来生，这显然说明他受佛教思想的影响极深。后来相继有儒学者站到了颜延之这边，与何承天争论不休，此事闹得沸沸扬扬，甚至惊动了宋文帝。

颜延之本以为慧琳会前来援助，不承想慧琳却反其道而行，竟然对"来生说"表示不屑，认为此种说法太过缥缈，甚至写了一篇文章《白黑论》，白指儒、道二教，黑指佛教。文章里的白学先生和黑学先生互相讽刺，趣味横生。很多僧徒看罢，皆讽刺慧琳违背自己的宗教信仰，颜延之也怒斥慧琳，与之反目成仇。然而看完文章的宋文帝哈哈大笑，对慧琳竖起了大拇指。南朝宋室力捧佛教，并非让人们多一个信仰，无非是利于其统治罢了，宋文帝在众人争论初期就已经言明，却不曾料想，众人争论得越来越热烈，儒生出世，僧人入世，两厢调了位置，真是有趣。

慧琳是为了引起皇帝注意，才对自己的信仰产生动摇吗？恐怕不见得。既然颜延之可以窥探佛法的奥秘，并且对其深信不疑，甚至与唯物主义背道而驰，慧琳也同样可以学习儒、道的学说，对自己的人生观和世界观进行探讨和考证，对自己先前认定的事情进行反驳或肯定。

佛法道在何处，在每个修行者的心中都不一样，不管是在山间修行，还是在世俗里求索，所得都不尽相同。可是，修行者的凡心如果遗落到山林间，或可偶得宇宙的玄机，但若是落在人世，招来的往往是是非。

卷五　情由景生黯销魂

才子佳人将自己对生活的不甘与鸿鹄之志附丽于山水间,用一首首诗歌道出了掩埋于内心的深情,在动人的景色中描绘出刻骨的情感,直教人黯然销魂。

## 写山画水，以景忘忧

"天下才共一石，曹子建独得八斗，我得一斗，自古至今共分一斗。"能说出这种话的人，必是有天纵之才和足够的骄傲吧。

他就是谢灵运，一位文坛才子，刘宋王朝时期他被一贬再贬时，仍旧自视甚高，若换作他人，想必早磨了心智，独自饮殇，而他依然狂傲不羁。

"山水诗的鼻祖"，是他的偶得之名。最初的纵情山水对他来说实在是无奈之举，也许在云淡风轻的山林间他可以找到些许安慰。

谢灵运出身于钟鸣鼎食之家，是魏晋时颇有气度的谢安的后人。祖父谢玄深受其叔父谢安的赏识，家学深厚。因谢安平前秦有功，谢家受到朝廷的表彰，谢玄理所当然也成了受益者，被封为康乐公。谢玄有两子，谢灵运是其长子谢瑛的儿子，本名公义，"灵运"则是其成年之后的字。

出身名贵家族的谢灵运，自小被祖父谢玄捧在掌心。谢灵运生得灵秀俊美，聪敏好学，被谢玄视若珍宝，时常感叹自己虽然生了谢瑛这个迟钝的儿子，但他给自己添了个如此聪慧的孙子。灵运四岁时，谢玄去世，他被送到钱塘杜明法师处寄养，法师的智慧，对其一生的品行和诗文的修为都有决定性的影响。十八岁时，灵运继承了祖父的爵位，被封为康乐公。

谢灵运虽出生在世家大族，一生却颇为坎坷。他自诩才高八斗，在晋廷几乎可以说是呼风唤雨，文坛上亦倾倒众生，然而南朝宋武帝刘裕代晋自立之后，立刻将谢灵运的爵位降为康乐县侯。

谢家曾是晋王朝数十年安定的支柱，对刘裕而言却是不可信的毒瘤。宋少帝刘义符即位后，谢灵运再次被降职减薪，沦落为永嘉太守。家室的衰落令谢灵运看破人情冷暖，看透世态炎凉。到永嘉经历了失势的阵痛之后，谢灵运终于归于绝望，自此不理政务，完全寄情于山水之间。

在谢灵运的山水诗歌中，人们总是能从中看透一些原本看不透的事物和情感，也许，他的诗文，融汇了许多令人如梦初醒的秘方。

> 朝旦发阳崖，景落憩阴峰。舍舟眺迥渚，停策倚茂松。侧径既窈窕，环洲亦玲珑。俯视乔木杪，仰聆大壑淙。石横水分流，林密蹊绝踪。解作竟何感？升长皆丰容。初篁苞绿箨，新蒲含紫茸。海鸥戏春岸，天鸡弄和风。抚化心无厌，览物眷弥重。不惜去人远，但恨莫与同。孤游非情叹，赏废理谁通？
>
> 谢灵运《于南山往北山经湖中瞻眺》

  谢灵运的山水诗，是一幅风景优美的画卷，细细读来，让人觉得自己仿佛置身于他所描绘的景致中。诗中描写了作者由南山往北山经过巫湖时所见的自然美景。

  "朝旦发阳崖，景落憩阴峰。"没有华丽的辞藻，只是娓娓道来，将所游山水的地点和地貌描摹出来。每一处笔墨，皆是言之有物，不扭捏亦不造作，他从清晨便出发，在日暮之时已然抵达北山。在将行程中的一切详细交代之后，诗文开始描摹所遇自然风景，随着笔走神游，看客会随着诗句一起畅游在那片神奇的风貌中。

  依山的小路蜿蜒曲折，眺望远方可以看到湖水清澈，在遥远之处与天相连，给人水天一色的空灵之感。而后居高临下地望去，便是那些枝叶繁茂的树木，葱葱郁郁，醉人心神。隐约还可以听到潺潺的流水声，动听悦耳。

  谢灵运本是晋宋豪门士族子弟，他的一生应当是平稳顺畅的，然而天难遂人愿，谢灵运的仕途并未顺风顺水，而是渐渐搁浅。也正是因为这一点，他反而有更多的时间寄情于山水间。本意是欲要以山水之乐抚平内心之伤，却不曾料到，自己竟然能一改魏晋以来的玄学诗风，开辟出清新自然的山水诗歌一派。这也算是塞翁失马，焉知非福吧。

"不惜去人远，但恨莫与同。孤游非情叹，赏废理谁通？"整首诗歌最后以忧伤而无奈的笔调结束，这样美好的景物竟然没有知音共同欣赏，实在是可惜，不过倘若不是自己前来游历，那么，山水之间的真谛便也无人能知晓了。山水能洗净人的心灵，也许他一生有过罪孽和失意，在青山秀水之间，他渐渐地沉静了下来，无喜无悲，无忧无乐。世态炎凉也许让他看淡名利，山水之美或许让他放下戾气，但这些不会磨平那份傲骨，他的才情经过这样的磨难变得更加醒目。心态安然的他，更能读懂静寂之美。

为何谢灵运等一些魏晋时期的文人，会如此热衷于写山画水？因为他们知晓唯有经历过仓皇的岁月，方能领悟沧海桑田，与其痛楚地囚禁心灵，倒不如把自己潇洒地放逐到海角天涯。

## 见雪惟雪，即物即真

《谢氏家录》里有载："康乐每对惠连，辄得佳语。"康乐即是世袭康乐公爵位的谢灵运，而惠连便是他的族弟谢惠连。谢家一门无论武将或是文臣，在东晋皆是首屈一指，才子频出自然也是理所当然。谢灵运一生佩服的人不多，对惠连这个族弟却刮目相看，每次见到他时，总能被他的妙语如珠激发灵感，连在梦中都是如此。"池塘生春草"虽然并不是真的由谢惠连所作，但从谢灵运对他的态度来看，惠连必定是个才思敏捷的妙人儿。

白羽虽白，质以轻兮。白玉虽白，空守贞兮。未若兹雪，因时兴灭。玄阴凝不昧其洁，太阳耀不固其节。节岂我

名,洁岂我贞?凭云升降,从风飘零。值物赋象,任地班形。素因遇立,污随染成。纵心皓然,何虑何营?

谢惠连《雪赋》(节选)

《雪赋》令谢惠连享誉文坛,他的《雪赋》与谢庄的《月赋》是南朝时期有名的景赋,端丽优美,扣人心弦。《雪赋》即是写谢惠连假想梁孝王游园遇雪时的情景。他不曾同梁孝王一同伴游,却也心神向往兔园的冬日盛景,想象雪景的壮丽。冬季的天空万分忧郁,梁孝王闷得发慌,便叫来司马相如、邹阳、枚乘一起于兔园饮酒,看到漫天飘飞的雪景,灵机一动,便命三人为雪景作诗赋。司马相如才思敏捷,抢先一步大赞雪的芳姿,邹阳不甘示弱,也叹雪一番。梁孝王听罢笑着点头,转向枚乘,不料枚乘却说出上述节选的这段话来,借雪言志。

枚乘说:"白色的羽毛虽然洁白无瑕,但质地轻飘;白玉虽然皓洁,可是徒自守坚贞;都不如这白雪,随时节降下又融化,天空漆黑不能隐藏它的玉洁冰清,太阳灼晒时也不顽强表现自己的气节。气节不是我的美名,也从来不是我的坚贞。我只管从天而降,随风而走,遇到山峦沟壑、人情物事时便给其增色,随遇而安真的很逍遥。何必去汲汲营营地给自己制造什么高洁的形象呢?"

枚乘所讲的这段话,满是老庄的超脱旷达、虚无恬淡,这是枚乘从雪中悟到的真理,事实上也是惠连对雪最为真实的看法,只不过借枚乘之口说出来罢了。或许惠连的志向就是做那无虑无愁的雪,冰清玉洁,心胸坦荡。

时人言及《雪赋》,说其美则美矣,但缺乏真正的内涵,所

言虚空。或许《雪赋》的确有缺点，但全篇写景之句逼真生动，语言清丽，人们从赋中既能得到美的享受，又能领悟生活不必太过强求的道理。

《雪赋》所传达的对生活不必苛刻的观念，正是谢惠连本性的影射。谢惠连天性便如雪一样随遇而安，来去莫辨，毫不流俗。

谢惠连对于礼教之说很是不屑，这份不屑让他的心犹如洁白的雪花，不受尘世的污染。无怪乎后人为他写诗："千里相思一段奇，精交神契及心期。"

谢惠连不是不拘礼教的狂人，不是汲汲营营的谋士，更不是十年寒窗苦的儒生，他没有那么多诉求，却过得很快乐，所以他的笔下鲜少流露出苦涩的味道，纵情生活给他带来好情绪。

衡纪无淹度，晷运倏如催。白露滋园菊，秋风落庭槐。
肃肃莎鸡羽，烈烈寒螀啼。夕阴结空幕，宵月皓中闺。
美人戒裳服，端饰相招携。簪玉出北房，鸣金步南阶。
栏高砧响发，楹长杵声哀。微芳起两袖，轻汗染双题。
纨素既已成，君子行未归。裁用笥中刀，缝为万里衣。
盈箧自予手，幽缄俟君开。腰带准畴昔，不知今是非。

谢惠连《捣衣》

秋夜萧索，白露湿冷，庭院深深，菊瓣吐寒。耳边尽是莎鸡（纺织娘）、寒螀（寒蝉）振翅和鸣叫的声音，空气中充满了肃杀感。黄昏，天空升起一轮明月，一群打扮整齐的美妇纷纷出门，携手捣衣。这是惠连的《捣衣》诗所营造的画面，清冷中带着难得的温馨。

一直以来，"捣衣"一词作为惆怅的代言词，它的意思是捶展布帛，缝制厚实的衣裳。古人只要夜半听得捣衣声，便知是某家男子出征未归，秋天一到，家中妇人便为他们缝制冬衣。妇人们本应为丈夫久久不归而悲伤，但她们依然能在寂寞中取乐，相携捣衣，彼此有说有笑，研究如何缝制更精致的衣裳和结实的腰带。一瞬间，凄凉的画面顿时充满幸福的色彩，人美、衣美、景美、情美。此时人们才猛然意识到，离别不只是藏着悲伤，也藏着淡淡的祝福。

惠连的《捣衣》充盈着浓烈的幸福感，那是阮籍、嵇康写不来的，陶公、灵运写不来的，潘岳、江淹同样也写不来的幸福。并不是这些大文人的情感不够丰富、文笔不够高明，而是他们不能像惠连一样，心中始终充满愉悦。他仿佛看到了秋日破败之中丰收的喜色。他无欲，所以他快乐。

欢喜和思愁，构成人的情绪脉搏，组成生命的华美乐章。幸福并不是不存在，而是人们想要的太多。不如做飘摇的雪花，洒脱地活着，或许就能够读懂幸福的微光。生命何其短暂，给自己多一点幸福感，不妨碍他人，也不伤害自己，惠连始终坚持着这个想法，枕着幸福而眠。

## 绮丽多情,别有深意

> 秋寒依依风过河,白露萧萧洞庭波。
> 思君未光光已灭,眇眇悲望如思何!
>
> 汤惠休《秋思引》

汤惠休是一个善于表达感情的诗人,他一生经历平坦,没有太多波折,故而其诗作中也大多是淡然如水的意境。若要从后世中寻一个诗人同他比较,恐怕只有善于创作情诗的徐志摩能与之相媲美。两个人的诗作轻柔淡雅,深情款款。哪怕是拂面而过的和润微风,他们也能想象成情人柔软的双手。

汤惠休的诗作流传不多,但每一首都感情饱满,尤其是这首《秋思引》,更是他的代表作。

缠绵的爱恋如同秋天绵延不尽的气息,清冷但却怡人地存于胸间。这一首秋天的情歌在缓缓地吟唱,在时光的流水中,它没有逊色一分一毫,反而愈加光鲜。也许是璞玉根本无须雕琢,只要随口一读,便能领略其中深深的情意,并为之陶醉。

汤惠休的感情生活不为后人所知,但从这一首哀思幽怨的小诗中,人们不难窥得几分真意。诗中缠绵悱恻的情谊有着质朴典雅的含蓄。

"秋寒依依风过河,白露萧萧洞庭波。"秋天的景色是那么美,微寒的气息中秋风拂过河面,波光粼粼的水面上闪烁着忽明忽暗的光辉。诗句中带着几许悲哀，带着几分期盼，还有那么一点点的怦然心动。

比起同时期的其他诗人，汤惠休的诗文大多是健康明朗的基调，这或许与他平坦的仕途和淡然的心境有关。因为一无所失，所以也更冷静。在这首看似写景、其实写情的诗歌中，有着反复铺垫后引申出的深情厚谊，这种类似的写法在汤惠休的另外一首诗歌中也有体现。

> 江南相思引，多叹不成音。
> 黄鹤西北去，衔我千里心。
> 
> ——汤惠休《杨花曲》三首（其二）

《杨花曲》其实是乐府诗歌，诗中所提及的"江南"并不是真正的江南之地，而是借此来写女子对远方情人的思念。《秋思引》和《杨花曲》这两首诗皆言女子对男子刻骨的思念，但所采用的情境完全不同。《秋思引》借用秋天本身的哀愁来衬托思念的绵延，而《杨花曲》则是以虚拟的"江南""西北"，来形容相离之远，相思之深。

虽然寄托情感的方式不同，却也有异曲同工之妙。"江南相思引，多叹不成音。"思念不觉，悲伤不止，无奈之际，只得以纤纤素手抚弄琴弦，用悠悠旋律抒发内心的忧伤。然而，痛楚难收，叹息难绝，以至于调不成调，曲不成曲。女子所弹奏的曲子当是《相思引》，她却因惦念太过沉重，无法弹奏出完整的曲子，以传达内心真实的情感，至此，诗文仿佛蒙上了一丝悲凉的纱幔。

既然相思之情无法通过曲调传达，就让殷勤的黄鹤捎去好了。它会带着女子深深的相思与依恋，越过千山与万水，飞向遥远的地方——他的居所。黄鹤犹如殷勤的青鸟，往返于情人之间，传递着牵挂和爱恋。

汤惠休早年曾是僧人，而后因为善于写诗，得到徐湛之的赏识。孝武帝刘骏命其还俗，官至扬州从事史。很难想象这样缠绵悱恻的诗句竟然出自还俗之人。

汤惠休本是六根清净的沙弥，在青灯古佛边诵经，却因为才高八斗而得缘还俗。此后这位诗人究竟经历了怎样的情感历程，后人不得而知，只是人们深知，只有真正相思过的人，才能懂得诗中相思的含义，那看似隐晦不外露的表达，正是内心的翻涌。汤惠休将相思之情灌注于诗文中，隐晦而朦胧，含蓄而婉转，可见功力之深厚。魏晋时期，像汤惠休这般借景抒情、借此物抒发彼情的诗歌并不在少数。不同的人有着不同的心境，在诗人何逊的笔下，诗文则另有深意。

兔园标物序，惊时最是梅。
衔霜当路发，映雪拟寒开。

枝横却月观，花绕凌风台。

朝洒长门泣，夕驻临邛杯。

应知早飘落，故逐上春来。

何逊《咏早梅》

唐代诗人杜甫曾借何逊咏梅来赞美好友裴迪的咏梅诗，"东阁官梅动诗兴，还如何逊在扬州。"

严冬时节，落雪纷纷，花园中一片萧瑟景象。然而就是在这寒风凛冽之中，在百花凋零的氛围里，一枝梅花迎着风霜，独自盛开。梅花的美，不同于牡丹的富丽，更不同于桃花的妖娆，而是一种淡雅和娴静的美。梅花之色，艳而不妖；梅花之姿，苍古清秀；梅花之香，淡雅清幽。何逊不惜笔墨描摹梅花的高雅，赞叹梅花的嫣然。

诗人顺理成章地由梅花想到了人事，想到了那些悲欢离合的故事。何逊并不是无病呻吟，他一生几多坎坷，经历了人间无数苦难，虽然胸怀天下，却未能如愿以偿，报效国家。他的诗文中多含有"苦辛"之意，这并非是矫揉造作，而是有感而发。

所以何逊以梅花自比，他将自己看作一枝傲雪清梅，置身于天寒地冻的严冬，却恣意盛开，芳香四溢。他毫不气馁，认为与其悲叹人事，不如建功立业，营造自己的春天。梅在何逊眼中宛若逆境中的自我，吐露芬芳，而在宋代林逋眼中，"山间小梅"有"疏影横斜水清浅，暗香浮动月黄昏"的韵味。

外物是文人用来表达自我的媒介，通过写物抒发自己的理想，也是古人写诗惯用的手法。只是无论古人如何抒发胸臆，世事却并未因此而改变分毫，唯有隐匿在字句中的美丽景致等待有缘人欣赏。

## 废池乔木，感时伤怀

沈德潜《古诗源》说他："如五丁凿山，开人世所未有。"

钟嵘《诗品》说他："才秀人微，故取湮当代。"

南朝，宋文帝年间，一个青年，生于乱世。仕途几经沉浮，还未赢来璀璨的辉煌，已经沉郁倒下，埋于黄土之中。

他就是鲍照，能在诗文中看透人世艰难，却无法脱离世间的苦难，沉沦于斯，毁于斯。

他像一道伤痕，凛冽地将整个南朝劈开，伤口横亘于世人面前，让人无处躲藏。鲍照是南朝的异类，在那个温润的王朝中，他总是不合时宜地站出来说一些本不该说的话，写一些本不该写的文字，所以，他脚下的路走得坎坷曲折，他在兜兜转

转之中找不到属于自己的合适的定位。他的存在就如同落笔之墨，牢牢地印刻在历史的白卷之中，让人们忽略了锦帛的洁白。

作为南朝文人，鲍照自然希望跻身仕途，报效国家，完成自己建功立业的梦想。他不断在官场中周旋，却始终得不到施展的机会。彼时门阀制度极为猖獗，使得一些出身贫寒的有识之士，埋没在荒草中。乱世之中，寒门子弟并非只要苦读便能如鲤鱼跃龙门般，进入前途无量的庙堂。他们注定要比那些名门之后少些夺目的机遇，少些展示自我的平台，有时他们不知该把满腔热血洒向何处。

鲍照更是如此，他空有一腔热情和才学，却无法施展，在万般无奈之下，鲍照只能寄情于诗文。只有文字，才会不分贵贱，只讲真才实学。鲍照用他所拥有的无坚不摧的悲悯之心和包容情怀，写下了一首首诗歌，一篇篇文章，咏叹着人生的苦闷，吟唱着世事的无情和冷酷。

在鲍照的字里行间，永远透露出一股不甘人后，却又无可奈何的情绪。

> 泻水置平地，各自东西南北流。
> 人生亦有命，安能行叹复坐愁？
> 酌酒以自宽，举杯断绝歌路难。
> 心非木石岂无感，吞声踯躅不敢言。
> 
> 鲍照《拟行路难》十八首（其四）

鲍照心中满腔的愤懑无处倾泻，便挥毫起如椽大笔。此诗以水流泻于地面而起兴，却丝毫不见黄河波涛汹涌的壮阔，亦不曾见西湖碧波微澜的恬淡，但正是这平凡无奇的水，道尽了鲍照的心怀。

水"各自东西南北流"，预示着人生经历各不相同。水的流向由地势决定，而人的际遇，则受门第影响。"泻水置地"本在魏晋时期的玄学清谈中出现过，但鲍照能引以为用，且使其更加富有生活气息，规避开学理枯燥无味之感，足见他强大的创造力和深厚的文字功底。然而就是这样一位才华横溢的诗人，却无法得到社会的青睐，不能不叫人悲叹。鲍照认为每个人的人生都有各自的命运，无法勉强。此话有几许自怨自艾之意，却也有几分随波逐流、随遇而安之感。既然命数有定，无法更改，跟随着命运的牵引便好，何必还要大费周折地妄图改变人生轨迹呢？

鲍照看似自圆其说、又好似反问上天的诗句，让人读后不禁无言，到底是命运的不公，还是人间世事的不公，其间的纠葛，真是说不清楚，道不明白。既然如此，不如沉醉不醒，反倒可以

解千愁。李白有语："抽刀断水水更流，举杯销愁愁更愁。"醉入酒乡不过是逃避罢了。鲍照不愿苟活，可是那巨大的踌躇却无法轻易说出口，故而，他只能忍耐着将一切苦楚吞咽下去。

　　鲍照所悲的家国大事，是他个人无法主宰的。他连自己的命运都无法把握，又怎可与整个世界对抗。因此，人情苦别，在鲍照的诗文中展示得最多。想必他情愿遗忘这红尘俗世，这不是属于他的世界。鲍照的诗歌中总有一股强烈的不忿之气，对于冷酷凉薄的现实，他总是感到不满，在这种情绪的滋扰下，鲍照始终处于官场的边缘地带，无法进入核心。也正是因为他经历了太多的苦难，所以才留下了这些证据，令后人兴叹。

　　　　若夫藻扃黼帐，歌堂舞阁之基；璇渊碧树，弋林钓渚之馆；吴蔡齐秦之声，鱼龙爵马之玩，皆薰歇烬灭，光沉响绝。东都妙姬，南国佳人，蕙心纨质，玉貌绛唇，莫不埋魂幽石，委骨穷尘。岂忆同辇之愉乐，离宫之苦辛哉？

　　　　　　　　　　　　　　鲍照《芜城赋》（节选）

　　这是一篇历代传诵的佳作，赋中鲍照感慨时代的盛衰变化。彼时芜城饱经战乱，当时鲍照正客居江北，来到芜城，眼见曾经繁华绮丽的城池败落殆尽，入目尽是"废池乔木"的荒芜景象，不禁悲从中来，创作了这篇感时伤怀的千古绝唱。

　　文章从城池的地理位置开始写起，延伸至战争带来的影响，再现破败的情景，通过对比之前的繁华美景来映衬今日的荒芜破旧，当初的那些宫廷楼阁、乐声杂耍都通通消失在了硝烟中。就连那些昔日的美人也归于黄泉。

　　在鲍照的笔下，一切都围绕着兴衰皆有循环，他悲叹世事的情怀缠绵悱恻，感叹世上抱恨者何其多。所以，还不如弹琴唱歌，诉说那被摧毁的城池，在猎猎的风中，走在田间的小路，看到那些荒墓，备感凄凉。

满目荒芜，怀古伤今。鲍照的愁绪皆是由他对这个时代的愤懑，还有自身的不顺而引起的。在这篇文章中，鲍照的人生观基本得到体现，那便是人生有命。不如就以他的《芜湖赋》结尾吧，千秋万代的世事，不都是这样终结的吗？所以，无须多言，一切且随风去。

天道如何，吞恨者多，抽琴命操，为芜城之歌。歌曰："边风急兮城上寒，井径灭兮丘陇残。千龄兮万代，共尽兮何言。"

鲍照《芜城赋》（节选）

## 望峰息心，窥谷忘反

> 山际见来烟，竹中窥落日。
> 鸟向檐上飞，云从窗里出。
>
> 吴均《山中杂诗》

这首小诗以干净纯粹的笔触，渲染了一片山中晚暮之景，恰到好处地将诗人闲散、舒适的心情刻画出来，又配上山林中幽然深远的意境，俨然是一幅绝妙的山水画。

清人沈德潜曾评论此诗："四句写景，自成一格。"作者吴均是南朝梁时著名的山水大家，他在山水诗文上的造诣丝毫不亚于谢灵运等人，也算是自成一家，风格别致。这首小诗便是他在悠游青山绿水时写成的佳作。

"诗中有画，画中有诗"是苏轼对唐代山水诗人王维诗作的评价。中国的诗歌同传统画作总是密不可分，能令人如临其境般地感受笔者的所见所闻，一直是文人墨客的写作追求。吴均自成一家，以白描的笔法将秋日日薄西山的盛景描绘出来，更道出了其中的灵动之处。

从山际飘来的阵阵如烟山雾，到竹林中依稀窥探到的落日余晖，还有那屋檐上飞过的鸟儿，从窗外飘过的云朵。这一切只是简单的景物描写，在吴均的笔下，却散发出了活灵活现的光辉，令人仿佛身临其境，看到了这一幕幕的场景，感受到了远离尘嚣的清净和心境的超脱自然。

吴均的这首写景小诗看似与常人之作无异，但仔细品味，还是能读出些许不同。吴均好学有俊才，文辞清拔有古气，凭着一技之长，于做官之时，私撰《齐春秋》，故而触犯了梁武帝。仕途的跌宕起伏令他心生归隐之意。朝中不留人，自有留人处，那千山万水，峰峦起伏处，尽是归宿。故而，这首杂诗也算是他看透仕途之后，从大自然中得到的一点点安慰吧。

他将自己放逐在山水之中，感受着那份独有的清雅和恬淡，然后用超然的笔调将其记录成文。如同一幅彩色照片一样，被人一看就牢牢地印在心间，无法挥去。

吴均的诗文有情趣，且新颖至极，这和他本人遭受过坎坷和曲折的经历

有着莫大关系，正因为看过风雨变幻，处事才能渐渐波澜不惊。

　　人生的真谛便在这汩汩的泉水中得以印证。并不是每一个人都能适应那险恶叵测的仕途官场，有人可以官拜一品而屹立不倒，有人虽有满腔抱负却无法获得高位。这除却个人能力、品性之外，更与时政有关。

　　吴均显然属于后者，他自视清高，见不得官场之上的污浊之气，不愿为五斗米折腰，于是他将自己放逐青山，将生命看作一朵自由行走的云彩，悠然而自乐，这也算是一种变相的回归。有

人在仕途中找到归宿，秋风送爽，而他在清风中独自流连，自怜自叹。

山中泉水汩汩而淌，那微微的波澜深处，全是柔软的颜色，给人以谦和的印象。魏晋文人总是爱将自己放逐到青山绿水之中，或是因仕途不顺，或是因人生际遇坎坷。但也不可否认，名士爱流水，文人踏青山。这是自古以来的惯例。吴均虽然出身贫寒，但他身上有着傲然的风骨和不肯屈服的雄心，作为一个寒士，命运对吴均并不公平。他在名利场中没有拥有他想要的，但是，吴均在山水之间，找到了生命的答案——怡然自得才是真。

既然不能在仕途上得到完全的释放，不如在自然中寻觅理想的生活。故而，吴均不断在山水间游历，留下了大量关于山水的诗文。除却上面那首小诗，吴均写给友人朱元思的一封信，更是千古名篇，令人读后欲罢不能。

风烟俱净，天山共色。从流飘荡，任意东西。自富阳至桐庐，一百许里，奇山异水，天下独绝。

水皆缥碧，千丈见底。游鱼细石，直视无碍。急湍甚箭，猛浪若奔。

夹岸高山，皆生寒树。负势竞上，互相轩邈。争高直指，千百成峰。泉水激石，泠泠作响。好鸟相鸣，嘤嘤成韵。蝉则千转不穷，猿则百叫无绝。鸢飞戾天者，望峰息心；经纶世务者，窥谷忘反。横柯上蔽，在昼犹昏；疏条交映，有时见日。

吴均《与朱元思书》

这是吴均在游赏富春江时,生出了寄情山水的生活情趣,并将见闻记录在册,寄给远方的朋友。这篇《与朱元思书》,与其说以墨写成,倒不如说是带着满腔的欣赏与赞叹,以情韵泼洒而成。它实在是美,美在景,美在情,美在意境。

字里行间,仿佛可以感受到游山玩水后,意犹未尽的吴均提笔写下这封书信的兴奋之情。此时,谁还能想到,这是出自一个政治上不得意,不被重视、屡遭排挤的人呢?因为吴均纂写《齐春秋》时,私自将梁武帝称为齐明帝佐命,梁武帝将吴均罢免,驱逐出官场。

自此之后,他将自己放逐在山水之间,不问世事,不问今夕是何夕。或许正是这绮丽的山水,才是治愈伤痛的良药吧。《梁书·吴均传》说他"文体清拔有古气",吴均的诗文自成一家,在当时颇有影响,时称"吴均体"。这一篇骈文,将行船游江的见闻和感受一一道来,以"奇山异水,天下独绝"引领全文,而后详尽道出这山与水奇在哪里,异在何处。这些景貌自是高居庙堂之人无法体会的,而吴均也正是由此不再回想官场的险恶。在这篇文字优美、意境幽远的小品文中,一个南朝文人落魄、释怀的内心情境被一一展现,在词句跌宕有致的节奏中,在灵活的转折里,后人可以看到一个清高的文人形象。

没有年华易逝的悲叹,亦没有红颜老去的伤怀,在江水中,一个清瘦的男子,悠然自得地赞美着自然,时光在这里为他做了弥补,那前半生的缺憾,皆得到了宽慰。

选择怎样的道路,即会欣赏怎样的风景。山居,可以听到声声鸟鸣;处于尘世之间,可以看到人来人往,车水马龙。两种人生,都有其意义。若想求得心中安宁,不如像吴均一样,在山水间放逐自己,平息功名利禄之心。

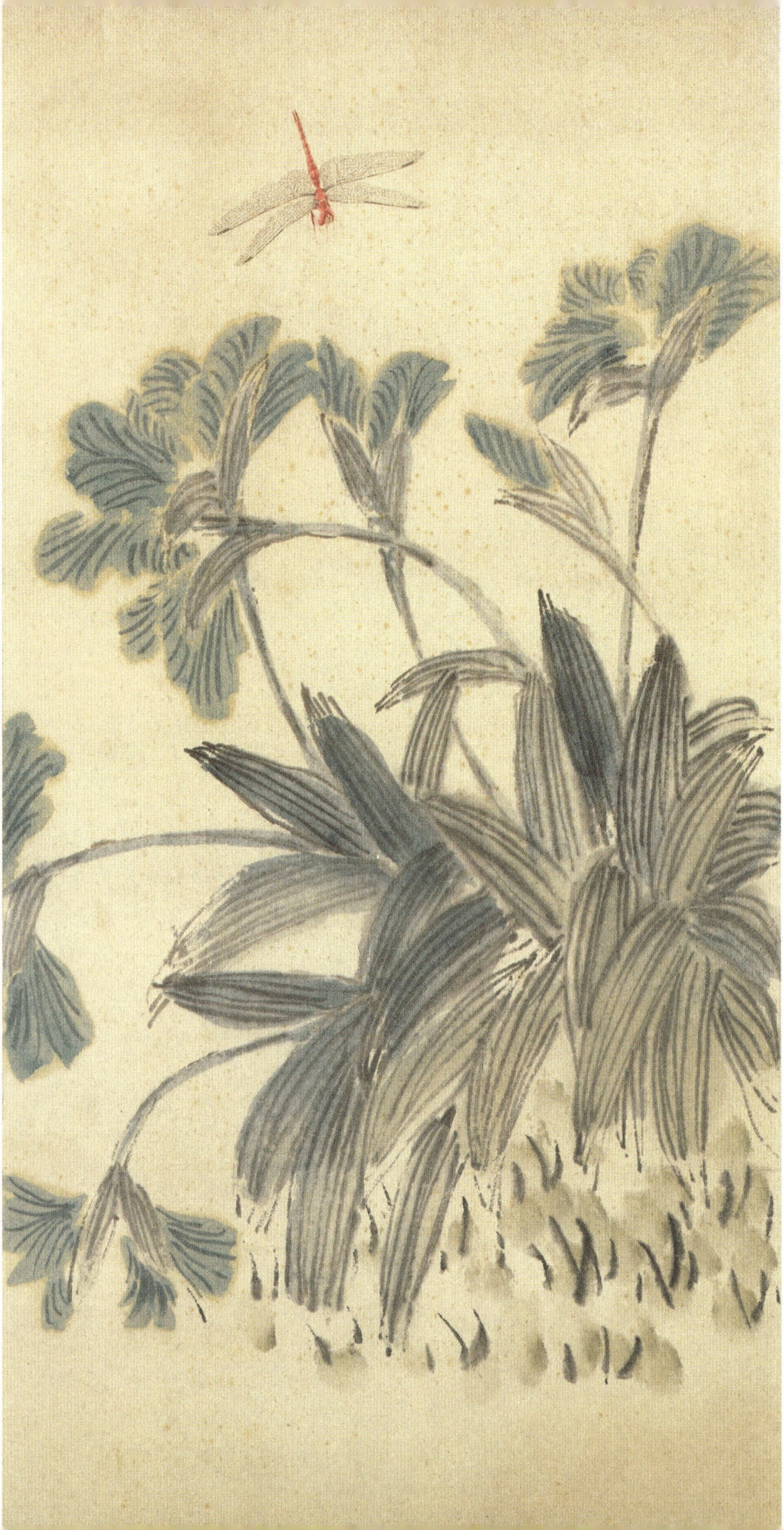

卷六 痛饮狂歌空悲凉

草原上的男子自比雄鹰,不畏艰险,只为建功立业。皇室中的皇子,甘愿玉石俱焚,也要复仇。大义公主忍辱负重,为匡复社稷不惜认贼作父。这些侠骨柔情,如风雨夜里的一盏枯灯,凄美悲壮。

## 念吾一身,飘然旷野

> 敕勒川,阴山下,天似穹庐,笼盖四野。
> 天苍苍,野茫茫,风吹草低见牛羊。
>
> 佚名《敕勒歌》

读罢此诗,轻轻闭上眼睛,便觉脑中浮现一幅雄阔的草原图景。苍茫的一片草原,在连绵的大山下,如同波浪,延伸到远方。天地在地平线的尽头相融合。天像一顶宽阔的蒙古包,笼罩着辽阔的草原。

这就是北朝民歌带来的景象。它可以跨越一切时空的障碍，单纯地靠着这二十七个汉字便能引人入胜。苍茫的景色在寥寥数语中浮现，令人浮想联翩。

敕勒族又被称为高车族。据史书记载，魏太武帝在出兵征服了高车族之后，"皆徙置漠南千里之地。乘高车，逐水草，畜牧蕃息，数年之后，渐知粒食，岁致献贡。由是国家马及牛、羊遂至于贱，毡皮委积"。

北方的旅人虽然自在，却过着艰难的生活。北朝民风彪悍，那里的人们游弋于荒漠之中，四处为家，以打猎为生。尽管之后他们逐渐南侵，与汉文化相融合，但并没有彻底改变北朝的生活习俗，依然保留了一些原先的习惯，比如游牧。

在魏太武帝积极推行汉化制度时，从北方草原上迁移而来的北朝人，依然留恋着之前无拘无束的生活。故而，这首民歌《敕勒川》其实是南移的北朝人心中最美的回忆。仰望苍天，环顾四野，广袤的天空就像一个巨大无比的圆顶毡帐，把大草原笼罩了起来。天空是青苍的颜色，绿色的草地宽阔无边、一望无际。以天为被，以地为榻，天地正是游牧人的家，在这天地之中，何惧之有。

只是族人迁移，沧海变桑田，如今再也无法看到这般雄浑壮阔的景象。因此，通过咏唱这些歌曲，来怀念最初的居住地，也不失为一种办法。

这些失去草原的游牧人，仿佛被折断双翼的雄鹰，渴望着辽阔的土地和天空。他们舔舐着伤口，等待痊愈，再度腾飞。他们被汉地制度捆绑着身躯，灵魂却依然飘浮在天山下的绿海中。

他们好似被放飞的风筝，虽然在天空之上翱翔，却始终被故

乡牵扯着，线的那一端有他们无尽思念的草原和牧马。那些诗句不仅仅是眷恋之语，更像是墓志铭，时刻提醒着他们，先祖曾在那样的天地中策马奔腾，驱赶家畜，热烈而丰盈地生活。

正如《企喻歌辞》中所唱的那般："放马大泽中，草好马著膘。"可以从中想象，在草原上，牧民们赶着马群，过着四处迁徙却悠闲自足的生活。敕勒族人以草原为家，以穹庐为居室，放牧是他们的衣食来源，草原孕育了他们豪爽的性格。他们率性歌唱，他们对草原的喜爱和不畏天地的豪气，成就了这首境界开阔的《敕勒歌》。然而并不是所有牧民都可以如此潇洒恣意，还有许多牧民是因为无奈而被迫远行，在他们所吟唱的民歌中，并没有太多的欢乐，反而充溢了很多愁绪。

（一）
上马不捉鞭，反折杨柳枝。
蹀坐吹长笛，愁杀行客儿。

（二）
腹中愁不乐，愿作郎马鞭。
出入擐郎臂，蹀座郎膝边。

佚名《折杨柳歌辞五首》（其一、其二）

第一首写"行客"告别亲友远征之际，折杨柳以作惜别；第二首中，女子希望成为心上人的马鞭，终日伴随情郎身边。

柳枝，留之，临行而"留之"，折柳的寓意已然明朗，先人以折柳来咏唱离人的惜别情怀，早在《诗经》里已有"昔我往矣，杨柳依依"的诗句。汉代的长安东门外的灞桥两岸，堤长十里，一步一柳，由长安东去的人常常在此折柳，赠别亲友。折柳送别，自此而来，几乎代替了"送别"二字。

而在此诗中，不是送行的人赠旅人柳枝，而是即将远行的人折枝给送行的人。他本上马准备挥鞭启程，却不拿马鞭，反手折一枝杨柳树条送给家人。前路漫漫，不知道离开后何时能再回来，恰恰此时不知从何处传来了呜咽的长笛之声，更添愁情。

相比之下，与"郎"离别的女子，面对离别，纵然她亦是惶恐无措，但还是展开了美好的想象。

她想象着自己是心上人的马鞭，随时随地都可以与他相伴。这样他们便可以在广袤的天地间肆意驰骋，永不分离。这个愿望自然是很难实现，但正因如此，便更能烘托出离别之时的痛惜之情。王国维在《人间词话》中说："其辞脱口而出，无矫揉装束之态。以其所见者真，所知者深也。"这句话也同样适用于评价北朝民歌，北朝民歌清俊、飒爽，即便是离别，也能表现得酣畅淋漓。

除去这样酣畅淋漓的离别，远行的民歌还有别样的情绪，那便是愁苦。许多在外的人是因为无家可归，所以他们所经历的事情大多更为黑暗。行人孤独飘零、道路险峻难行，气候严寒刺骨，不由得在他乡生出思家之情，又因无人倾诉，无人聆听，只得化成一首首民歌，一首首诗词，以宣泄内心的情感。民歌中的《陇头歌辞》便记录了这样的情感。

陇头流水，流离山下。念吾一身，飘然旷野。朝发欣城，暮宿陇头。寒不能语，舌卷入喉。陇头流水，鸣声呜咽。遥望秦川，心肝断绝。

佚名《陇头歌辞》

流水引领全诗，羁旅远行之情顿时浮出。从流水毫无定向的走势联想起游人毫无方向的行程，不禁悲从中来。行人独自行走在空旷的野外，心若浮萍，漂泊无定，多像这河水，无奈地离开源头，流向远方。北朝的游人自然不会有游山玩水的好心情，四处硝烟弥漫，他们出游，多半也是因为躲避战祸，或者服役。故而，四海为家的仓皇感多于闲庭信步的悠闲感。

他们的出走不过是无家可归的无奈，他们的远行是谋生之所需，那一步步远离家人的旅程，都只有一个目的——活下去。那苍茫的天地广阔无垠，却无一处是生活的乐土。对漂泊四方的游子而言，最大的安慰便是寻到一处安身之所。

然而，天地之大，哪里都不是归宿。因居无定所，夜幕降临之时，流浪在混沌江湖中的人，只得露宿在外。天寒地冻，以至于旅人他瑟瑟发抖，嘴张不开，舌头也因僵硬而弯曲，"寒不能语，舌卷入喉"。以如此形象的语言来描述旅人的行程之苦，在乐府诗中并不多见。游子何曾爱上流浪，不过是因没有栖息的屋檐。北朝连年的战争，使无数人流离失所、妻离子散、家破人亡。这首诗歌如此情真意切，读之让人肝肠寸断。有国难奔、有家难回，旅人就在这呜咽的流水声中，被刺激起深埋心底最为原始的孤单和寂寥。

行走于乱世，没有归途。在摧毁之中寻求现世安稳，但久寻不下，远行客在颠沛流离，天下之大，竟无归处。

## 烽烟万丈，义胆忠魂

辽阔草原的一端出现了一个满面沧桑的男子，手牵着战马蹒跚在蒿草之间，脚下的路曲折无尽头。忽而在他的脑海中，出现了关于往昔的画面，战场上矫健的战士，还有那战场上无尽的白骨。

激烈厮杀中，一个个英武的男子，在阵阵号角声中，执刀挥剑奋力杀敌，血流成河。侥幸存活下来的人，在荒漠的黑夜里，举头望着天上那一轮孤月，心中满是惆怅。古来征战几人回，他们深知，从离开家乡踏上战场的那一刻，便把生命交付给了异乡。

这就是当时北朝塞外的疆域上，行军打仗后的场景。

北朝是少数民族建立的政权，北朝的人们大多过惯了自由自在的游牧生活，马背上的人生似乎比踏步在陆地上的人生更加苍劲些，然而也多了几分漂泊的意味。

北朝鲜卑族作为游牧民族，本就有很强的尚武精神，在征战连连的时期，男人上马打仗成了天经地义的责任。他们用大刀和马匹，征服了当时的北方地区。魏太武帝带领着鲜卑族开始在北方土地上展开漫漫征程，而伴随着他们征战生涯的，便是这嘹亮的军歌，无时无刻不在给予他们勇气和力量。

男儿欲作健，结伴不须多。
鹞子经天飞，群雀两向波。

佚名《企喻歌》（其一）

战争多半因帝王的欲望而起，为了扩张自己的权力，极力通过战火来扩大自己的疆土。然而，披荆斩棘冲上战场的永远都是不知名的兵士。他们置身于战场的厮杀中，为战争付出生命。最终留下的只有早已没有曲调的民歌，民歌记录了那个时代、那片土地上，曾经发生过怎样惊天动地、惨烈悲壮的战役。

这首民歌简单质朴，风格悲凉慷慨，诗中蕴含的"仰天长啸，壮怀激烈"将人带入古老的战场，让人体味那个时代的豪放。《企喻歌》属于《乐府诗集·横吹曲辞五》中的《梁鼓角横吹曲》。这是一种马背上演奏的音乐，属于军旅乐府诗歌，最初流行于北方的少数民族之间，后来因为迁徙和战争，才逐渐流传开来。

作者是谁，已然无从考证，但从那泛黄的纸页上，那通俗质朴的字里行间，可挖掘出与那个时代有关的诸多信息。"男儿欲作健，结伴不须多"，开篇便是建功立业的雄心壮志。真正的英雄豪杰追求大作为，结交朋友贵精而不贵多，且要有识别真正朋友的鉴赏力，有鹤立鸡群的自我欣赏精神，有舍我其谁的狂傲气概。这样的境界已经脱离了仅在战场上厮杀的形象，塑造了一个特立独行的剑客形象，少有人能与之比肩，罕有人是其敌手。

他们有苍鹰展翅的意向，鲲鹏长飞的气魄，他们向既定的目标勇敢地去追寻，再多的敌人，再大的困难，也会被自己强劲的翅膀击得粉碎。整首诗歌通俗易懂，作者用质朴的语调为读者描绘出了一个极为生动的场景。

在那边陲上，西风猎猎，旌旗漫卷，烈马长嘶，如若在这般情景中，万人的军队齐唱这首豪壮的军歌，定叫敌人心胆俱裂，弃甲而逃。北国大地冷眼旁观，任由人们厮杀、争夺。人来人往，白骨森森。破败如何都与这片土地不相干。拓跋氏率领着部众在这片土地上南征北战，培养出了无数的勇士，然而，这些勇

士无法在厮杀的背后看到即将凋谢的王朝，他们不曾想到，终有一日，他们厮杀得来的天下会通过同样的方式，落入他人之手，历史就是如此，循环往复间看不见世事奔流。

整个北朝的历史就是一部战争史。男人一旦成年便可能一生与战争为伴，九死一生。对活下去的渴望，对家人的情感牵绊，使出征的战士每一刻都在对死亡的恐惧中徘徊，无人例外。有战争自然有牺牲，那躺在荒漠中的每一具尸体，都唱出了关于生命的挽歌。同为《企喻歌》，下面这首少了上一首的意气风发，多了些凄惶与悲苦。

> 男儿可怜虫，出门怀死忧。
> 尸丧狭谷口，白骨无人收。
>
> 佚名《企喻歌》（其二）

每个男人心中都有一个侠客梦，希望一路侠客行。然而，一场战争下来，千万人死亡，尸横遍野，血流成河，而下一场战争很快来临，未死的人连埋葬同伴尸首的空暇都没有。无论敌我，战死的人都暴尸荒野，任山鸟啄食，任日晒雨淋，无处安身，连灵魂都不能归家。

杜甫在《兵车行》中写道："信知生男恶，反是生女好。生女犹得嫁比邻，生男埋没随百草。君不见，青海头，古来白骨无人收。新鬼烦冤旧鬼哭，天阴雨湿声啾啾！"故而，大好男儿会发出"可怜虫"的凄怆自嘲，也是情有可原。

随着战事的推进或者停滞，他们建功立业的雄心也开始慢慢动摇。一朝的荣耀有可能在顷刻之间便毁于下一场战事，动荡的时局使得一切都变得变幻莫测，无法预料。而这首民歌，便是那最难预测的结果。据《古今乐录》中记载，这一首民歌是前秦皇帝苻坚的季弟苻融所写，此人文武全才，德才兼备。他多次率领军队出征，四处征讨。

欲要成为流传千古的英雄，自当不惧生死。战争本就残酷惨烈，弃尸荒野亦属寻常。如此看来，苻融从心里认定，在战场上，死亡无法避免，无法规避。与其战战兢兢，倒不如坦然迎接，做一个顶天立地的男子汉。

战事不堪回首，狼烟卷起，剑气如霜，多少手足忠魂埋骨他乡。男儿当自强，然而有多少男子，在那个纷乱的时局中，陷入了无奈和茫然的境地。

## 叹恨羁旅，魂牵故国

南朝梁使臣庾信的人生可以分为两段，以他四十二岁出使西魏为一个节点，前半生雕栏玉砌，全是得意少年郎的意气风发，后半生一朝沦落，竟是几经飘零的苦涩难耐。

因为突然遭遇家国变故，庾信的诗中总有一种难言的愁绪，他就好像一个行吟诗人，在北国漫漫无际的土地上低声吟唱，他有过崇高的理想，却也遭受了沉重的现实的打击。少年庾信早早

称霸文坛，他清新的诗风让那些浓词艳曲羞愧而去，给一向奢靡的宫廷注入新的血液与生命。

时局的动荡，使得庾信的诗歌总是惆怅到令人哀婉，他后半生因为故土的沦陷和自身难保，所作之诗多是抒发抑郁之情，惹得后世无数人对这位才子的不幸人生和尴尬境遇摇头叹惋。杜甫说他是："庾信文章老更成，凌云健笔意纵横。"如此看来，庾信后期的诗作受到了杜甫的赞赏。

然而，庾信的笔锋没有丢弃早年的雍容华贵，纵然在亡国之后，庾信四处飘零，但他所写的诗歌，依然带有显贵的气息。他在自抒胸臆、表达对故土的怀念时，又因受游移不定的性格缺陷的影响，使得诗歌的基调显得沉痛而悲戚。

俎豆非所习，帷幄复无谋。不言班定远，应为万里侯。燕客思辽水，秦人望陇头。倡家遭强聘，质子值仍留。自怜才智尽，空伤年鬓秋。

庾信《拟咏怀二十七首》（其三）

这首《拟咏怀》是庾信对于自己处境的哀叹。庾信纵然文笔卓越，富有风骨，却不及其他刚健的文人那样坚强。他没有"粉身碎骨浑不怕，要留清白在人间"的决绝，亦没有南唐后主"自是人生长恨，水长东"的绵延。一腔愤懑无处抒发，只得写进诗歌中，聊以寄托情怀。

他并非贪生怕死之人，只是梦想比想象中更遥远，世道比想象中更艰难。亡国的痛苦和羁旅的惆怅，让这位诗人无法释怀。他才华横溢，荒乱的时代却无法许他一个可以散发万丈光芒的舞

台，无奈之下，他只得在沉沦中空叹息，越陷越深。清代学者陈祚明在他的《采菽堂古诗选》中提到过关于庾信诗歌的特点，即"情纠纷而繁会，意杂集以无端"。在看不到出路的情形下，庾信只能自哀自怜。在错误的时间里被放到了错误的位置上，庾信所要承担的已经不仅仅是命运加在他身上的重负了。

这种错位令这位才华横溢的文学家痛苦不堪，纵然改朝换代后，新政权为了稳固根基，拉拢有才华的人，庾信也因此而受到重用，然而这无法弥补庾信对故土的思念。

> 摇落秋为气，凄凉多怨情。
> 啼枯湘水竹，哭坏杞梁城。
> 天亡遭愤战，日蹙值愁兵。
> 直虹朝映垒，长星夜落营。
> 楚歌饶恨曲，南风多死声。
> 眼前一杯酒，谁论身后名。
> 
> 庾信《拟咏怀二十七首》（其十一）

在此诗中，庾信借典故暗示梁元帝的江陵之败与梁朝灭亡的悲剧，抒发痛定思痛的怀念故国之情。字里行间满是无奈与悲切，庾信将一切归于天意，他自己却无法摆脱天意的安排。这位才思敏捷的诗人，在余生中，对于他朝的重用总是感到如坐针毡。

气节、风骨、文人的脊梁，左右着庾信的心。纵然他受到北周的重用，加官晋爵，且被封为了文坛宗师，但这一切都不能填补庾信内心的空缺，他无时无刻不在思念着故土。他哀叹自己不能为自己应效力的朝代尽职尽责地奉献，却在他朝绽放出异彩。

他被迫留在了北方，一生没能归还，他就是在这样矛盾的心情中度过了余生，最后怨愤而死。

寒园星散居，摇落小村墟。游仙半壁画，隐士一床书。子月泉心动，阳爻地气舒。雪花深数尺，冰床厚尺余。苍鹰斜望雉，白鹭下看鱼。更想东都外，群公别二疏。

庾信《寒园即目》

庾信在长安城内有一座游园，小巧精致，是他常去的休憩之所，也是他无常的人生中给他带来平静的地方。在游园中，庾信度过了他一生中最为悠闲的日子，这段日子也给了他面对日后苦难的勇气。在那些萧索的景色中，庾信远离尘俗，过着求仙隐居的生活。诗篇感情真实且深沉，语言的精练，将庾信内心丰富的情感展露无遗。

最能体现庾信内心悸动，展现人世无常、壮志难酬的愤懑的便是这一篇《哀江南赋》骈文。文章气势凛然，对

仗工整，宣泄哀伤之情如银河落地，表现愁肠之意则百转千回，不失为一篇上品。

日暮途远，人间何世！将军一去，大树飘零；壮士不还，寒风萧瑟。荆璧睨柱，受连城而见欺；载书横阶，捧珠盘而不定。钟仪君子，入就南冠之囚；季孙行人，留守西河之馆。申包胥之顿地，碎之以首；蔡威公之泪尽，加之以血。钓台移柳，非玉关之可望；华亭鹤唳，岂河桥之可闻！

庾信《哀江南赋并序》（节选）

此赋为庾信后期所创作，真挚的情感与匠心独运的文笔相结合，字里行间无不透露出不可言说的哀伤。挥洒自如的文字中，自可窥见庾信当时的悲痛。庾信一生命运多舛，出身名门却家道中落，人到中年却历经丧乱，欲报效国家却功亏一篑，最终不得不羁旅异国，终生不得还乡。故而，这一篇序表面是在写日暮西山、对路途险阻的担忧，实际上是在抒发国亡家灭、身不由己的悲哀。

短短百余字，写尽了人间的无常变化，却道不尽自己心中的仓皇无措。

## 叶落无根，愁思茫茫

世人都知晓皇帝金口玉言，锦衣玉食，后宫三千佳丽，又有几人了解深宫之内，君臣之后才是父子的那份无奈。生在皇宫，荣耀背后的冷漠和责任，注定了皇家之人的无情。

在那个荒唐的南梁王朝，在一个乱世中，萧综作为梁朝的二皇子，实在是背负了太多的包袱。

历历听钟鸣，当知在帝城。西树隐落月，东窗见晓星。雾露朏朏未分明，乌啼哑哑已流声。惊客思，动客情。客思郁纵横。翩翩孤雁何所栖，依依别鹤半夜啼。今岁行已暮，雨雪向凄凄。飞蓬旦夕起，杨柳尚翻低。气郁结，涕滂沱。愁思无所托，强作听钟歌。

萧综《听钟鸣》

醉美诗书：美得令人心醉的魏骨诗文

原本应当在梁国境内安享荣华的萧综，作此诗时却是身在北方遥远的洛阳城内。他投奔了北魏，改名叫萧赞。

由南到北，历经的已经不仅仅是居所的转换，还有心路的跋涉。在走完这段路程之后，萧综已经彻底地告别了之前几十年的梁朝二皇子身份，他背叛了父亲萧衍，为父亲的敌人效力，这一切仅仅是因为一场皇室之间的杀戮和争夺。萧综的母亲本是齐东昏侯萧宝卷的宠妃，但因梁武帝萧衍的入侵，齐国家破人亡，她因姿色被纳入后宫，七个月后，便生下了萧综。宫中人纷纷传言，说萧综是萧宝卷的骨肉，是前朝的余孽。

然而，萧综之母因年老色衰，日渐失宠，而萧综自幼争强好胜，对梁武帝偏爱太子之举甚为不满，心生怨言。郁郁寡欢的母亲对儿子说出了关于他出生的秘密。

自此，萧综开始怀疑自己的身世。他秘密设立南齐的宗庙，甚至几次潜出城外，去齐东昏侯的墓前，挖出尸骨，滴血认亲。萧综认定自己是齐国遗子，却认贼作父，成了敌人的儿子，故而心生怨恨。萧综在历经多次心理挣扎之后，毅然决然放弃他生活了多年的梁朝，投奔了北魏。然而，在那片陌生的土地上，他并没有找到应有的快感，反而倍感失落，就好像无所依靠的孤雁一样，彷徨自顾，茫然失措。

他在诗中的结尾处写道："气郁结，涕滂沱。愁思无所托，强作听钟歌"，于萧综而言，此时那剪不断、理还乱的愁思，皆因自己背叛梁朝而起。旧伤还未愈合，新愁潜入胸口，他在陌生的土地上，依然无法找到心灵的归宿。

他本不该是一个叛国的人，却在知晓自己身世后，内心涌起了无法平息的矛盾与仇恨。更何况梁武帝在得知真相后，无情地毒害了他的母亲，这使萧综再没有后路可退。于是，他只得一往无前地沿着自己选择的这条道路前行，不论是遇到沟壑还是峭壁，他都无法再回头。一首《听钟鸣》像极了萧综曲曲折折的难言心事，而另一首《悲落叶》更像是萧综预见到自己的结局似的，道出了眼波深处的无言痛楚。

作为一个男人，建功立业自然是理想目标，然而萧综被仇恨蒙蔽了双眼。他来到北魏之后，才渐渐发觉，自己就如同秋日的落叶一般，四处飘零，始终无法找到归宿。他背叛了梁朝，欲要在北魏这片新的土地中长成参天大树，却不曾料到，他早已失去了萌芽的根基。

一次背叛，终生再无信誉可言。萧综为自己挖了一个无法攀爬的大坑，他奋身跃下之后，才发现，这是一个埋葬自己的陷阱，呼救已然来不及。身世的尴尬，让他心间燃烧起仇恨之火，以至于最终失去人生的方向。他始终无法察觉，在仇恨的种子埋下之时，悲剧便已悄悄萌芽。

> 悲落叶，联翩下重叠。重叠落且飞，纵横去不归。长枝交荫昔何密，黄鸟关关动相失。夕蕊杂凝露，朝花翻乱日。乱春日，起春风，春风春日此时同。一霜两霜犹可当，五晨六旦已飒黄。乍逐惊风举，高下任飘扬。悲落叶，落叶何时还？夙昔共根本，无复一相关。各随灰土去，高枝难重攀。
>
> 萧综《悲落叶》

诗歌从秋风落叶写起，层层叠叠展现了诗人内心的忧伤。萧综以落叶自比，看透了没落者的命运。世间事反复无常如转蓬，齐被梁灭，梁被魏围困，权力之间的争夺永无止境，而萧综曾经单纯的日子在这争夺中早已丧失殆尽。于他而言，命如草芥，他早已明白无论是昨日的二皇子，还是今日的丹阳王，都是一场无法醒来的噩梦。

"夙昔共根本，无复一相关。各随灰土去，高枝难重攀。"今夕，昨夕，南梁皇子无可奈何的苦闷心情，随着诗句的起伏跌宕，绵延着痛惜，哀婉地吟唱着。过去带着柔软而细腻的光辉在远处摇曳，只是萧综再也无法触摸。那段在他乡故土上思念往昔的岁月，也所剩无几。萧综的人生在短短的辗转中，很快走到了尽头。

生活的不如意，使得萧综选择了这样一条道路，与其说是"天妒英才"，倒不如看作是"浮生一梦"。

这些繁芜王朝中的人们，最终割断了自己的命脉，对他们来说，一首曲高和寡的诗词，也算是他们留给那个沉沦时代的一抹色彩。

## 血染大漠，空写丹青

在这个世界上，生命有时并不完全属于自己。

"身体发肤，受之父母"，生命是一种恩赐。作为鲜卑族的后裔，北周赵王宇文昭的女儿千金公主似乎比任何人都更有理由效忠于她的王朝，因为她不但是子民，更是主人。

在北周最后的时日里，千金公主度过了她一生最快乐的时光，无忧无虑地研习琴棋书画，她深明大义，聪明机警。只是世人从来都不明白，欢乐为何乍现便凋零，为何走得最快的总是最美的时光。命运多舛，道路弯曲，公主走过清丽曼妙的豆蔻年华后，便迎来忧愁的时光。落在百姓家的寻常女子，总是艳羡帝王之家的公主，总以为身居富丽堂皇的宫殿，可以无忧无虑，却不曾知晓，命运在赐予公主荣华富贵之时，可能给她带来更大的灾难。

公元580年，北周因武帝去世而日益衰退，在悬崖峭壁上摇摇欲坠，统治者为稳固江山着想，最终选择和亲。不用动一兵一卒便能解决问题，何乐而不为。千金公主成了和亲人选，要用瘦弱的肩膀承担起一个国家的重量。她本是一只在春日花园中翩跹而飞的彩蝶，却生生被和亲折断了翅膀，远嫁给突厥首领沙钵略可汗，这如何不让人悲伤。

她不是在后宫中苦熬幽禁岁月的王昭君，而是获得宠爱万千的千金公主。她没有主动离开的意愿，只因是皇室子女，便不得不接受命运的安排。生命在此时显得尤为脆弱，又分外强大，为了祖宗基业的稳固，千金公主毅然用她柔弱的身躯去换取这最后

的一点点和平。

她远走大漠,前往突厥,如同所有其他和亲公主一样,千金公主淡然地守着自己的丈夫和子民,就好像戈壁上的一块磐石,在风沙中慢慢老去。

故乡的血液就要在她内心流失殆尽时,命运又一次做出了令她震惊的安排。她在千里之外,听闻远在故国的亲人皆被荼毒,国家也已灭亡。彼时北周已然步履蹒跚,国丈杨坚看准时机,独揽大权,企图坐拥江山,登上皇位。赵王察觉后起兵反抗,却落得诛杀九族的下场。这份血海深仇令远在异乡的千金公主悲恸不已,她发誓要为亲人、国家报仇。自此之后,千金公主不再只是安守家园的贤妻良母,而是暗地里策划复兴国家的大业。世事无常,无从把握,千金公主在得知家国亲人惨况的那一刻,命运便迎来了转机。前方是一马平川也好,是穷途末路也罢,她都义无反顾地向前奔去。

千金公主的复仇计划在暗中展开,而远在中土的杨坚自然也不会视若无睹,只不过因内外不得兼顾,故而没有更多的干预。心思玲珑的千金公主自然知道杨坚实力雄厚,自己若与他硬碰也是以卵击石,她便调整策略,打算以柔克刚。

她忍痛向杨坚请求做其义女,杨坚怎会不知她的心思,但因当下忙于稳定国内根基,无暇顾及突厥,便同意收千金公主为义女,赐公主杨姓,改封她为大义公主,希望她深明大义,帮助隋朝和突厥建立友好的关系。纵然千金公主对杨坚恨之入骨,但为了报仇雪恨,也只得强装笑脸。看着昔日的王朝被历史掩埋,新的王朝迅速崛起,想来这位公主的内心一定心如刀割,毕竟北周是她的父辈们辛苦打拼出来的天地。

即使这个王朝将她作为维护国家的工具,使她远嫁突厥,但她始终无法停止对故国的思念。然而,杨坚的一场政变生生将这份牵连割断,这如何不让这位以家为重、以国为重的女子伤心。昔日的千金公主,今朝的大义公主,她已经彻底改变了自己的生命轨迹。

开皇九年(公元589年),隋攻灭南方的陈,杨坚为了表示恩宠,特地送给大义公主一面曾属于陈叔宝的华贵的屏风。离开中土多年的大义公主看到屏风时,内心波澜翻滚,不禁想到陈的命运与北周何其相似,自己的命运何其悲惨。深彻似海的悲伤无处宣泄,冰凉蚀骨的境遇无法改变,千金公主痛苦难抑,提笔在屏风上写下了这首伤感的诗:

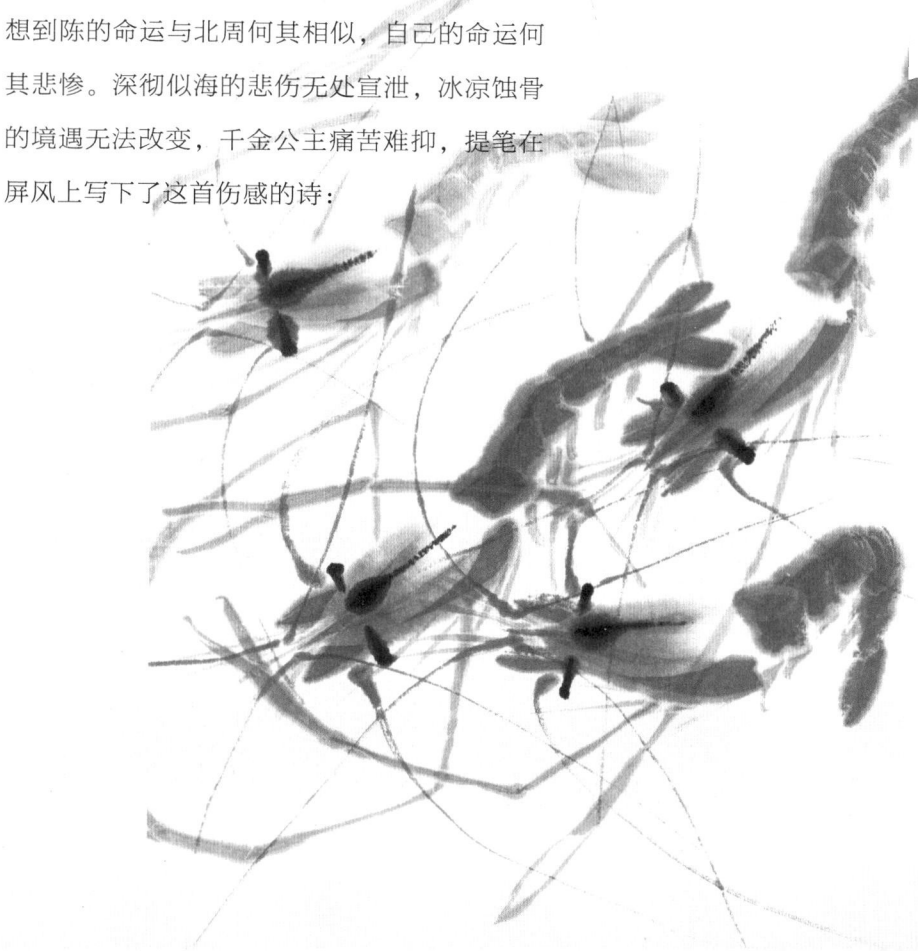

盛衰等朝暮，世道若浮萍。荣华实难守，池台终自平。富贵今何在？空事写丹青。杯酒恒无乐，弦歌讵有声。余本皇家子，飘流入虏廷。一朝睹成败，怀抱忽纵横。古来共如此，非我独申名。惟有《明君曲》，偏伤远嫁情。

大义公主《书屏风诗》

故国不堪回首月明中，大义公主对于自身的命运和北周王朝的覆灭充满了悲戚之情。她蛰伏突厥，忍受着几经改嫁的屈辱和离乡的苦楚，这一切的苦难带给她的悲痛在她看到这面屏风后土崩瓦解。

大义公主早已看透花开必败，世事无常，往事终究会散去。她写诗本是抒发心中苦闷，道出睹物伤情的忧郁之情，却不曾

想到，此诗竟然成了自己的送命诗。当远在隋朝的杨坚得知大义公主所提的诗歌内容后，勃然大怒，他看出了公主强烈的国恨家仇，决定除掉这个隐患。彼时正逢统治突厥北方的突利可汗要求与隋朝联姻，杨坚告诉来使，如果要联姻，就得设计杀了大义公主。

于是，一场阴谋便在大漠展开，一直积极诱使都蓝可汗反隋的大义公主最终被都蓝可汗处死。这个女子就这样结束了自己悲惨的一生，完成了她在荒凉的大漠中对故国的最后一次献礼。

千金公主自有风骨，是无与伦比的女中豪杰，却因为生不逢时而屡遭不幸。她的内心坚毅如霜，如若不是命运捉弄，只怕她日后锋芒毕露，会是一枝傲雪寒梅。

卷七 此生唯愿与君同

风度翩翩的才子,亭亭玉立的佳人,朱唇微启,满腹才气,尽是诗情。他们如世间尘埃,久附于古诗书,让我们体会情感的温度,听他们倾诉不了尘缘。

### 物是人非，至亲至疏

一个人的一生本就如同一出戏、一场战争，自有其悱恻缠绵、壮阔激烈之处。拥有一场理想的婚姻对一个人来说就如同身处于太平盛世。古时，女子的世界极狭小，未嫁从父，出嫁从夫，夫死从子，绕来绕去，绕不过"三从四德"的框框。那时的世间多的是为爱为情的女子的悲歌，若是能嫁个有心人，则是女子莫大的幸运。

然而，世间爱情之事多半在绮丽中开始，在黯淡中落幕。

室中是阿谁？叹息声正悲。（贾）

叹息亦何为？但恐大义亏。（李）

大义同胶漆，匪石心不移。（贾）

人谁不虑终，日月有合离。（李）

我心子所达，子心我所知。（贾）

若能不食言，与君同所宜。（李）

贾充《与妻李夫人联句》

这是一首诉说离别之情的诗歌，缠缠绵绵又依依不舍，诗人和妻子仿佛都不知该如何安顿自己的零乱心情，一人一句地表明各自的心迹。诗中并没有华丽的词句，如同最平常不过的夫妻对话，但其中却有着道不尽说不完的缠绵与深情。贾充一句"室中是阿谁？叹息声正悲"，奠定了全诗悲戚的感情基调。想来贾充口中的"室"便是二人日常所居住的卧室，于其内，他们或是默然相对，或是吟诗作赋，或是互诉衷情，如今贾充却听到妻子在连连叹息。

都说古时的女子"无才便是德"，然而贾充的结发妻子是兼具美貌、才情、德行的奇女子，她名叫李婉，本是魏国的尚书仆射李丰之女，因朝纲变动，李丰被当时掌握政权的司马氏所杀，家人受到牵连，被发配边疆。早已嫁为他人妇的李婉也不能幸免。

分别在即，感情一向融洽的贾充和李婉自然免不了悲戚一番。这场意外来得太过仓促，令人始料未及。李婉声声叹息，不过是因为害怕夫妻情分会到此终结。李婉之所以会生出这般念头，是因为古时女子本就地位卑微，更何况如今她是戴罪之身，今朝别离，或许终生不复再相逢。

然而，贾充那番山盟海誓的表白，让李婉不再担心。世人想象得到，李婉是带着爱与安心离开的，在塞外的风沙冰霜里来去，因为心中盛满爱情，她的心犹温热。这是一首典型的联句诗，据记载，联句始于汉武帝时期，因为是由两人或多人联合创作的诗歌，故而称之为联句。贾充和李婉通过这样的方式互表衷心，他们在对诗之时，或许没有意识到誓言如同泡沫，不堪一击。这个世界终究要辜负痴情女子卑微而渺茫的心愿。

李婉离去不久，贾充便将那感天动地的誓言抛之脑后，另娶了郭槐。然而，晋武帝即位后，李婉获得大赦，得以归家，帝王特地下诏，让贾充设立左右夫人。然而，贾充最终还是背弃了自己"大义同胶漆，匪石心不移"的誓言。

郭槐出于嫉妒不允许李婉和她并列夫人之位，贾充因惧怕郭槐而迟迟不肯将李婉接回家，最终李婉被安置在永年里的一座旧宅内，自此贾充与她不再往来。昔日华丽的承诺，如今化为了一纸空谈；曾经如同胶漆的两人，如今竟似陌生人，真如李冶所说："至高至明日月，至亲至疏夫妻。"在与爱情邂逅的最初时刻，总是许下天长地久的诺言，只是，最终往往世事了无痕。

荏苒冬春谢，寒暑忽流易。之子归穷泉，重壤永幽隔。私怀谁克从，淹留亦何益。僶俛恭朝命，回心返初役。望庐思其人，入室想所历。帏屏无髣髴，翰墨有余迹。流芳未及歇，遗挂犹在壁。怅恍如或存，回惶忡惊惕。如彼翰林鸟，双栖一朝只。如彼游川鱼，比目中路析。春风缘隟来，晨霤承檐滴。寝息何时忘，沈忧日盈积。庶几有时衰，庄缶犹可击。

潘岳《悼亡诗》三首（其一）

潘岳悼念妻子杨氏的诗歌共有三首，此是第一首，大概作于杨氏亡后第一年，荏苒冬春谢，寒暑忽流易，时光的流逝并没有减弱潘岳对妻子的深爱，反而因为时间的积淀，更为深沉厚重。杨氏是西晋书法家杨肇之女，姿容俏丽，甚是惹人喜爱。潘岳十二岁时，便与杨氏订下婚约。两人结为连理之后，相濡以沫，琴瑟和鸣，在旁人看来是极为登对的一对璧人。执子之手，与子偕老，于他们而言，是极为自然的事情。只是，大约共同生活了二十四年后，杨氏便因病去世，独留潘岳一人面对这荒凉的世间。"僶俛恭朝命，回心返初役。"他本想留在家中为妻子继续守丧，却因公事繁忙，不得不离家返回任所。

后人提及潘岳的悼亡诗,皆云其感情"淋漓倾注",深情似海。贾充与李氏之离别诗,亦是缠绵悱恻,令人读之落泪,然而贾充誓言变谎言,甚至他与李婉的一对儿女跪地请求他去看望李氏时,贾充依然不为所动。

在冰冷的事实面前,再情深的诗句也只能是空留墨香了,杨氏的死亡留给潘岳无尽的思念,而李婉和贾充不复从前。"庶几有时衰,庄缶犹可击。"潘岳想效仿庄周,以达观的态度面对妻子离世的事实,只是情深如许,他越是想要忘记,记忆便越是深刻,令他愁锁眉心,不得舒展。唐朝诗人李商隐叹息道:"只有安仁能作诔,何曾宋玉解招魂。"潘岳成了多情男人的代表,而贾充则背上了薄情寡义的恶名。其实谁是谁非,这个中缘由也不必多探究了,反倒是留下的这两首多情诗歌值得后人反复玩味。

## 归期无期，思念不绝

　　世间最美好的事，莫过于遇见一个倾心人，而后执手相伴，度过苍茫的一生。然而，这般事情美则美矣，却抵不过一场别离。看着心爱之人渐渐远去，留在原地的人，便只得在思念与等待中，度过漫长幽暗的时光。归期不可期，相思不可绝，这般苦楚，想必古时很多女子都体会过。

　　西晋人苏伯玉前往蜀国（今四川省）服吏役，久不归家，在长安的妻子思念不已，便将心中所思化为笔法，描绘在盘子之中，寄托自己的思念之情。明人胡应麟说它"绝奇古"。其实，抛开这层层华丽的外衣，这只不过是一个妻子最为平常的思恋。

　　山树高，鸟啼悲。泉水深，鲤鱼肥。空仓雀，常苦饥。吏人妇，会夫稀。出门望，见白衣。谓当是，而更非。还入门，中心悲。北上堂，西入阶。急机绞，抒声催。长叹息，当语谁。君有行，妾念之。山有日，还无期。结巾带，长相思。君忘妾，未知之。妾忘君，罪当治。妾有行，宜知之。黄者金，白者玉。高者山，下者谷。姓者苏，字伯玉。人才多，智谋足。家居长安身在蜀。何惜马蹄归不数。羊肉千斤酒百斛，令君马肥麦与粟。今时人，智不足。与其书，不能读。当从中央周四角。

苏伯玉妻《盘中诗》

《古诗源》中提到此诗："使伯玉感悔，全在柔婉，不在怨怒，在深于情。"又说："似歌谣，似乐府，杂乱成文。而用意忠厚，千秋绝调。"

《盘中诗》之所以能令人夸赞，奇妙之处便在于它在盘中的文字排列顺序，从中央到四周盘旋回转，好像珠走玉盘，屈曲成文。

作为一首简单质朴的爱情诗歌，《盘中诗》在诗歌的开头用三字比兴，将对丈夫的思念，通过山林高木、悲鸟啼鸣、泉水深深、鲤鱼肥硕等表达出来。因为山树太高，鸟儿不得栖息；因为泉水太深，有肥鲤也难以捕获，表达了一种无可奈何的情绪。这份刻骨的相思在盘中回旋写下，写下的不仅是文字，还有妻子似海深的爱恋。奔走于熙熙攘攘的凡尘俗世，有谁能不食人间烟火；在红尘中周旋生计，又有谁能躲开一个"情"字；一旦尝过爱情的滋味，谁还能抑制住思念的情愫。

苏伯玉之妻只是一个平凡的女子，行走于滚滚红尘。一颗凡心如起风的湖面生出波澜时，她便将情感寄托在诗歌之中，用这种唯有她才能想得出的方式，告诉苏伯玉，她的思念与时光同在，从未改变，亦不会断绝。这个女子用自己的蕙质兰心，为她远在蜀地的丈夫绘制出了一幅思恋图。

如若苏伯玉有心，定然会风尘仆仆地赶回。他们尘缘未了，情思未绝，即便苏伯玉久不归家，妻子仍是对他一往情深。"出门望，见白衣。谓当是，而更非。"苏伯玉之妻因盼夫归来心切而出门眺望，看到路过的身着白衣的男子，以为是自己丈夫，待对方走远后方才回过神来，知晓这又是一场梦。

在这漫长的思念与等待中，她何尝不曾担忧过。丈夫出使蜀

国,一去数载,迟迟不归,甚至连一封写有只言片语的书信都未曾寄回过,这不免使她害怕丈夫另有新欢,将旧爱忘却。在那个不平等的时代,女子想要守候一份感情是如此不易。

而后苏伯玉之妻便对丈夫展开了声声呼唤。她知晓丈夫才情出众,为了让丈夫早日归来,便隐晦地提醒丈夫,不要爱惜马匹,须得快马加鞭地赶回长安来,表达了对丈夫在外享乐,可能早已忘记自己的担忧。

"今时人,智不足。与其书,不能读。当从中央周四角。"这句诗则简要指明了读懂此诗的方法。然而,考据下来,这句诗不像是诗人所作,倒像是局外人附加上去的读诗说明。

无论如何,这都是一首巧妙的诗歌,是苏伯玉的妻子用智慧唱出来的诗歌。个中意味想来只有苏伯玉最能明了，据传这位才子在收到妻子的礼物后，当下快马加鞭，赶回了长安，与妻子团聚。夫妻情分，在这《盘中诗》中体现无遗。古时男子多以建功立业，光耀门楣为荣，娶妻生子多是为了传宗接代。故而，女子的地位卑微。如苏伯玉的妻子这般痴痴等待做官吏的丈夫归来的女子，定然不在少数。

这首诗大多是三字成句，整首诗读起来语气急促，不像其他叙述思恋的诗歌那样温婉缓慢，反而表现出一种急躁和不安的情绪。这或许也与女主人公的心境有所契合，正因为丈夫出门久不归来，所以她的内心才从最初的缠绵委婉，转化成了躁动不安的激烈幽怨之情。

整首诗歌有着几分童谣的意味，这样的思妇诗并不多见。情趣之中透露着倔强，思念之中隐藏着深意。《盘中诗》不像是一首女人对男人祈求怜爱的诗歌，反倒像是一个倔强的手势，孤独地凝驻在时间中。

## 半神秀异，天妒英才

颜如宋玉，才胜子建，这样的男子在历史之中鲜少出现。他们有的早早辞世，仿佛污浊的世间容不下这样卓然清丽的男子。在魏晋，如斯美男子更是比比皆是。

卫玠，字叔宝，西晋武帝太康年间生人。姿色柔美，堪比沉鱼西施，落雁昭君。不但如此，他还才能出众，是当时著名的清谈名士和玄理学家。因为五胡乱华，诸多名门世族为了保存门户，开始举家迁移到南方。卫玠和母亲也一起南迁之后，依附于王敦将军。与名士谢鲲彻夜长谈后，本就身体羸弱的卫玠大病，不幸离世。

卫玠始度江，见王大将军。因夜坐，大将军命谢幼舆。玠见谢，甚悦之，都不复顾王，遂达旦微言。王永夕不得豫。玠体素羸，恒为母所禁。尔夕忽极，于此病笃，遂不起。

刘义庆《世说新语·文学》

这就是《世说新语》中提到的关于卫玠死亡的一种原因，可见这位才华横溢、容貌过人的男子，却是一个弱不禁风、体质羸弱的人。

魏晋之时的人们喜好清谈，对于少年名士有着一种天生的、根深蒂固的喜爱。彼时许多魏晋男子，皆是容貌出众、才学过人。他们弱不禁风的体格，宽大不合体的衣衫，给人以深刻的印象。

然而，这些男子身上同样也背负了理想和抱负。魏晋之时，社会动荡不安，很多人漂泊在路上，找不到可以避身之所。外表光鲜的士族，亦不再如往常那般气势磅礴。诸多没落的名门后裔，惶惶然过着讨笑的生活，他们出卖容貌，只得依附于更大的家族，求得一时安定。卫玠的成名固然得益于他声势浩大的家族，但也与他自己敏捷的才思有关。在玄学领域，卫玠颇有建树，《世说新语》中记录了一段关于卫玠幼年时与尚书令乐广关于"梦"的对话。卫玠问乐广："人为何要做梦？"

乐广说："因为想象。"

卫玠又问："梦中的事情往往不见于思想，何来想象之说？"

"是沿袭做过的事。人们没有梦到过的事。因为没有对应的想法，没有可模仿的先例。"

对于这么模棱两可的解释，卫玠并不满足，但自己又找不到更好的答案，于是便苦思冥想，甚至因此而生病，躺在床上时亦不放弃思索，直至乐广为他解释清楚，他才恢复健康。如此看来，卫玠的身体一直都很羸弱。但这并不能妨碍他成就一些事业。在清谈和玄学上的建树使得这位男子饱受赞誉，人们除了敬佩他的才学，更想一睹他"半神秀异"的容貌，《世说新语》中还记载了一则故事，也是关于卫玠之死的另一种说法。

卫玠渡江南下之后，辗转到了下都，因人长得极其漂亮，久负盛名，大家欲睹其容，蜂拥而至，"观者如堵墙"，这位才子受了惊吓，本就瘦弱的身体更是病上加病，很快便病逝，后世流传的词语"看杀卫玠"便源于此。人生总是悲喜交加，明媚与阴暗参半。卫玠形貌昳丽，且富有才情，"卫君谈道，平子三倒"便是对他最好的嘉奖。只是，他的生命犹如春日的花朵，不消几时便纷纷凋落。《世说新语·容止》中还讲到了另一位"妙有姿容，好神情"的美男子——潘岳。

潘岳妙有姿容，好神情。少时挟弹出洛阳道，妇人遇者，莫不连手共萦之。左太冲绝丑，亦复效岳游遨，于是群妪齐共乱唾之，委顿而返。

刘义庆《世说新语·容止》

这则故事对比性地道出了潘岳的美貌，以滑稽的方式更加烘托出他的姿容。和卫玠一样，潘岳亦是才情不俗，亦是出身名门贵族。他自幼便受到良好的文学熏陶和严谨的教育，"总角辩惠，摛藻清艳"，是名噪一时的神童。

只可惜潘岳走上了与卫玠不同的道路，他依附于文人集团以求发展，结果却因政治的颠覆而身败名裂，身首异处。彼时天空中布满的阴云，并没有因为这些奋进的人而散去，反而越积越多，一个柔弱的文人无法改变时代的走向，他们最多只能追随这个时代的脚步，亦步亦趋地前行。

潘岳虽然也曾名噪一时，成为"二十四友"中的魁首，但他依然逃不脱时代加在他身上的束缚，最终悲惨地走完了一生。卫玠和潘岳是那个时代最美的身影，不论时代审美观念如何变化，卫玠和潘岳一直是中国文化中美男子的代表。

在那个光怪陆离的时局中，他们二人风度翩翩，仪态大方。卫玠早逝，潘岳被诛，或许过于美好之人注定无法长久地留在这个世界，故而他们的离去也为世间之人留下几分遗憾。虽然潘岳站错了政治队伍，以至于无法善终，但这并不能妨碍人们铭记他出众的容貌与才华。在结发妻子去世后，潘岳写了许多诗文悼念，其中一首藏着深切情意的《离合诗》，更是让后人为之叹息。

佃渔始化，人民穴处。意守醇朴，音应律吕。乘梓被源，卉木在野。锡鸾未设，金石拂举。害咎蠲消，吉德流普。溪谷可安，奚作栋宇。嫣然以意，焉惧外侮。熙神委命，已求多祜。叹彼季末，口出择语。谁能墨识，言丧厥所。垄亩之谚，龙潜严阻。鲜义崇乱，少长失叙。

潘岳《离合诗》

这位男子出众的才华多用于诗文写作上，这一首《离合诗》充分展示了这位男子内心的悸动和胸中的写意。他对妻子的爱和念，在这首诗中通过藏头减字的方式，汇集为了最后的六个字：思杨容姬难堪。

情何以堪，可能是天妒英才，故而，这样一个情深义重、才华横溢的美男子，却在失意中黯然死去。然而，不论如何，他和卫玠，都曾在似水年华中，如花绽放过。

## 可叹停机，堪怜咏絮

曹雪芹在《红楼梦》中金陵十二钗正册的第一首判词中咏道："可叹停机德，堪怜咏絮才。玉带林中挂，金簪雪里埋。"

其中"咏絮才"便是引用了东晋才女谢道韫的故事，相传这位女子出身名门，当时的宰相谢安是她的叔父，谢道韫自幼便颇具才情，才思敏捷，不让须眉。一日天降大雪，谢安看到后，随口咏道："白雪纷纷何所似？"

兄长谢朗为了展示自己的才华，赶紧顺着谢安的诗句说道："撒盐空中差可拟。"

随后，谢道韫缓缓而言："未若柳絮因风起。"

据《晋书》上记载，谢道韫的这番对白，不但得到了叔父谢安的夸奖，且获得了在场宾客的一致好评，纷纷赞叹谢道韫的才情。

谢家风范在谢道韫的身上得到了很好的展示，谢安对这位侄女宠爱有加，眼看谢道韫出落得亭亭玉立，转眼间已至笄年。这位伯父便亲自出马，为谢道韫挑选乘龙快婿。谢家为享誉当世的名门贵族，她身为贵族千金，也唯有王羲之之子方能配得上，故而谢安便选中了王羲之次子王凝之。古时讲究父母之命，媒妁之言，纵使她有千般才情，万种风韵，也只得披上嫁衣，嫁作人妇。谢道韫也不能例外。

虽然婚后她恪守妇道，人人称赞，但谢才女对于这桩婚姻始终是抱有怨言的。在一次回家探亲时，谢安问她："王郎，逸少子，不恶，汝何恨也？"谢道韫只说："不意天壤之间，乃有王郎！"

想来外人是无法明白谢道韫的悲哀与不满，谢安只想为他才华横溢的侄女挑选一位门当户对的夫婿，却自始至终没有问过谢道韫到底想要一个怎样的丈夫。她想要的，不过是一个懂她才情与温情的平凡男子，一个能与她吟诗作赋，替她遮挡风雨的人。在王家的岁月里，谢道韫相夫教子，写诗作画，这在旁人看来自是逍遥自在，衣食无忧，只有她自己知晓内心满是忧愁与怨怒。

峨峨东岳高，秀极冲青天。

岩中间虚宇，寂寞幽以玄。

非工复非匠，云构发自然。

器象尔何物？遂令我屡迁。

逝将宅斯宇，可以尽天年。

谢道韫《泰山吟》

  并不是所有的女子都如李清照那般幸运，得以遇见与自己心意相通的男子。谢道韫有着丈夫无法理解的才情，即便二人可以相敬如宾地安稳过一生，但两颗心之间如同隔着千山万水，没有相同的频率，更遑论心有灵犀。

  在清谈之风盛行之时，一杯茶、一壶酒便可以海阔天空畅谈许久，有时也允许女性加入，而嫁入王家的谢道韫便时常置身轻纱幔帐之后，与客人阔谈，令人赞叹。试问这样一个女子如何能在平淡的婚姻生活中安然地走到最后呢？这样的女子又怎会不让她的丈夫战战兢兢呢？《泰山吟》是谢道韫的一首诗作，虽比不得"咏絮"有名，却也能看出这名女子不同寻常的气势和胆魄。泰山在谢道韫的笔下雄伟壮丽，不但传神且动感十足，质朴之间带有美感，纯净之余又有玄远，谢道韫的才情在这首诗歌中得到了淋漓尽致的抒发。

  古代才女的诗词以阴柔为多，可谢道韫的这首诗歌却是阴柔少之，刚劲有余，如此看来，谢道韫之所以不满自己的婚姻，多半缘于丈夫的软弱与无能。作为一个强势且能力卓越的女人，如何能甘愿屈居在一个不如自己的男人身边呢？

  然而，女子有强也有弱，并不是所有的才女都如此要强。沈满愿就是一个例外。她是吴兴武康人，是左光禄大夫沈约的孙女，同样是出身名门之后，她自小便表现出超人的才情。与谢道

辊一样，成年后沈满愿嫁入望族。丈夫是与她门当户对的范靖。婚后二人的感情生活，在历史上记述的并不详尽，但通过沈满愿留下的诗词可以看出一些端倪。

绮筵日已暮，罗帷月未归。开花散鹄彩，含光出九微。风轩动丹焰，冰宇澹青晖。不吝轻蛾绕，惟恐晓蝇飞。

沈满愿《咏灯》

借物抒情，是历代诗人都惯用的写作方式。因为描写的事物过于逼真，往往会失去高远的意境，而沈满愿的这首咏物诗，却能恰到好处地寄情于景，故而后世的人们争相传诵，流传至今。

油灯在沈满愿的笔下散发出拟人的动感，从丰盛的宴席上回来的诗人进入家门，此时已是日暮西山，月朗星稀，于是她点燃一盏油灯。在火石相击之时，火光四溅。在黑暗中飞舞的火花，纵然不如烟花绚烂，但也足以让诗人在那片黑暗中看到一缕暖意，一抹亮色。

烛火被点燃后，室内便盈满了温馨的微光，只不过是一盏小小的烛灯，却被诗人赋予了如此生动的形象，如此看来，在宴席中光彩动人的沈满愿，内心定是孤寂而荒凉。古时，女子多依附于男子，地位低下。即便在风气稍微自由的魏晋之时，这样的局面依然没有得到改善。谢道韫却不惮于此，她风格高远，勇于担当，故而在"孙恩之难"中，虽半老，却仍率领余下众人，坚决地为了家族的利益而奋起反抗。

谢道韫最终孤老山野，她的才情令人称赞，她后半生写了很多诗文，流传后世。而沈满愿，作为中国传统的女性，从她的诗中对于油灯微弱灯光的描述，就能看出这个女子内心对于自己的定位有多卑微，烛火燃烧自己，照亮别人，女人又何尝不是如此，沈满愿似乎是在以烛火自比，表明自己具有自我牺牲的精神。

## 且悲且叹，女人心事

古人说："死生契阔，与子成说。执子之手，与子偕老。"爱情是彼此放不开的纠缠，纠结在对方的掌心中，延伸成条条纹路，要通过命运来见证的爱情，往往躲不开那注定反复无常的宿命。有的女子深深地陷入了这个命运的陷阱之中，但她们往往还不自知，心甘情愿地在井底上演着独角戏，一场关于爱和等待的独角戏。

### 孤燕诗
昔年无偶去，今春犹独归。
故人恩义重，不忍复双飞。

### 连理诗
墓前一株柏，连根复并枝。
妾心能感木，颓城何足奇。

据传这两首诗是南朝梁代卫敬瑜的妻子王氏写的，《孤雁诗》和《连理诗》是后人为了呼应诗中咏叹的内容而加上去的题目，倒也算是切合主题，表达了王氏生死不渝、死生契阔的情感。据《南史》中记载，这个女子嫁给卫敬瑜后不久，卫敬瑜便染病身亡，那年的王氏还正年轻，芳华犹存，容貌佳丽。家人劝她再嫁，为自己谋求一个安稳的后半生的依靠。不料王氏断然拒

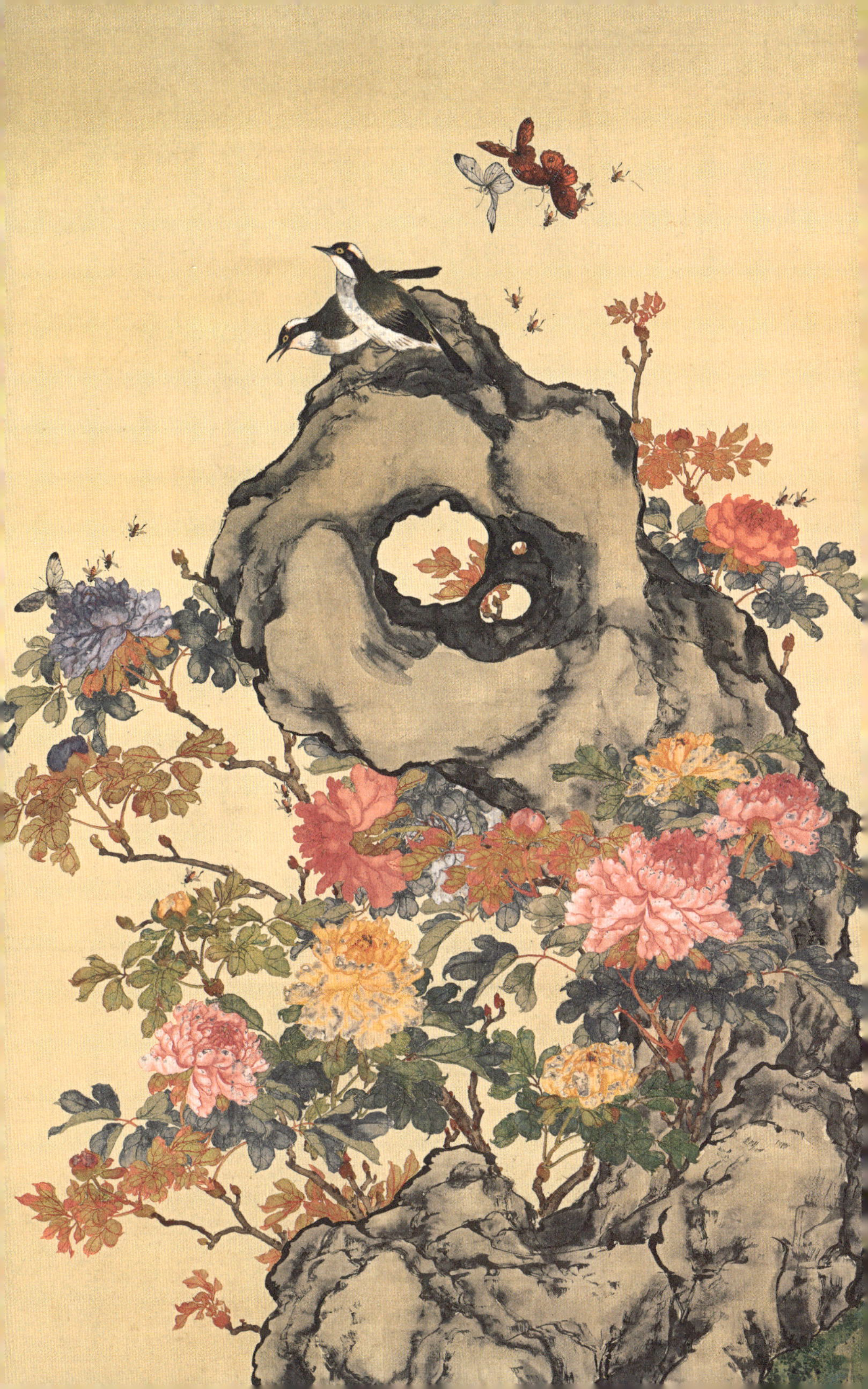

绝，她要为丈夫守节，直至终老。

彼时，再嫁并非难事，而王氏却甘愿为丈夫独守后半生的岁月，成了那段历史的传奇。相传在寡居之后，王氏在卫敬瑜的坟墓旁亲手栽种了百棵树木，一年之后，墓前的一对松柏竟然结成连理，不复分开，故而王氏写下诗歌作为纪念。诗句看似简单易懂，但实则需要读者悉心体会，才能真正明白其中蕴含的深意。

王氏无意遵从旧时的成规，只是因为对丈夫绵密的爱，她甘愿在爱情萌芽之时，继续灌溉雨露，直到嫩芽成为参天大树。她便可以在树下依靠，那盘根错节的回忆可以带她回到最初的、最美的地方。

人间的事情就是如此，相爱的人不一定能长久。卫敬瑜墓前的树长得葱翠可人，因为那是王氏用心浇灌，悉心照料而长成的。王氏希望借助树木来传达她对丈夫的深情，纵使最后只有她一个人。

　　就好像她在诗中引用的典故，"颓城何足奇"，春秋时期，杞梁之妻因丈夫死去而悲伤，在城下痛哭流涕，感动路人，而王氏也借助树木，将感人的情感传达出去。执着的爱情不知道耗掉了人间多少美丽的容颜，这情感竟然有着这样势不可当的力量，令枯木逢春，令松柏成连理。

　　女人在感情的游戏中总是显得蓄谋已久，她们好像矜持的公主，从不轻易吐露心声。然而在一些小事面前，总是轻易地

就暴露了内心,离别对女人是道考验,她们往往像未经世事的少女,不谙其道。

  花庭丽景斜,兰牖轻风度。落日更新妆,开帘对春树。鸣鹂叶中响,戏蝶花间骛。调瑟本要欢,心愁不成趣。良会诚非远,佳期今不遇。欲知幽怨多,春闺深且暮。

刘令娴《答外诗》二首（其一）

  这首情诗,是南朝梁代诗人刘令娴写给丈夫的思念之书。诗中一览无余地展示了自己从爱上丈夫到嫁人的心路历程。丈夫出远门,久不归还,妻子内心无法按捺,只得寄情于诗词,希望可以缓解心中焦虑。

  诗中呈现出一番庭院春景,绚烂多姿。诗人触景生情,随着春光的烂漫到日暮的落下，她的内心也渐渐沉静，春光容易逝去，好景不复长存。诗人感叹和丈夫共同相守的时间本来就不多，偏偏还要忍受这一次次的别离，她独自一人在这无限美好的春光中自怨自艾，苦苦悲切。随着诗句的婉转，可以看到诗人流动的心境，一个人在满目春光中，上演怨妇思春这出戏。

且悲且叹，全是女人无奈的心事。

若是她们对人间情爱的法则多了解一些，就会明白，在这个游戏中，付出最多的那个，可能是最后受伤害最重的一个。